NAME: Justus Jonas
FUNKTION: Erster Detektiv
FRAGEZEICHENFARBE: weiß
BESONDERE MERKMALE: das Superhirn der drei ???; Meister der Analyse und Wortakrobatik; erstaunlich schneller Schwimmer; zu Hause auf dem Schrottplatz von Tante Mathilda und Onkel Titus; zupft beim Nachdenken an seiner Unterlippe
IST FAN VON: Tante Mathildas Kirschkuchen und Denksport aller Art

NAME: Peter Shaw
FUNKTION: Zweiter Detektiv
FRAGEZEICHENFARBE: blau
BESONDERE MERKMALE: für körperliche Herausforderungen immer zu haben, dafür kein Ass in der Schule; großer Tierfreund; Spezialist für Schlösser aller Art, die seinem Dietrichset einfach nicht standhalten können; neigt zu Vorsicht und Aberglauben
IST FAN VON: schnellen Autos (insbesondere seinem MG), der südkalifornischen Sonne, so ziemlich jeder Sportart

Die drei
???®

Die drei
???®

Geheimnis des Bauchredners

erzählt von André Marx

Kosmos

Umschlagillustration von Silvia Christoph, Berlin
Umschlaggestaltung von eStudio Calamar, Girona, auf der Grundlage der Gestaltung von Aiga Rasch (9. Juli 1941 – 24. Dezember 2009)

Unser gesamtes lieferbares Programm und viele weitere Informationen zu unseren Büchern, Spielen, Experimentierkästen, DVDs, Autoren und Aktivitäten findest du unter **kosmos.de**

MIX
Papier aus verantwortungsvollen Quellen
FSC® C014496
FSC
www.fsc.org

Gedruckt auf chlorfrei gebleichtem Papier

ISBN 978-3-440-14838-9
Redaktion: Annemarie Chiappetta
Lektorat: Nina Schiefelbein
Produktion, Layout und Satz: DOPPELPUNKT, Stuttgart
Druck und Bindung: GGP Media GmbH, Pößneck
Printed in Germany / Imprimé en Allemagne

Die drei ???®

Geheimnis des Bauchredners

Ein magisches Ritual

Auf der Landstraße war es stockfinster. Der Mond war noch nicht aufgegangen und Straßenbeleuchtung gab es keine. Die Fahrradlampen, die auf den rissigen Asphalt schienen, waren die einzigen Lichtquellen weit und breit. Und das Surren der Ketten das einzige Geräusch, als die drei Detektive nebeneinanderher durch den Tuna Canyon radelten.

»Okay, Justus«, sagte Peter Shaw. »Jetzt kannst du uns aber wirklich langsam erzählen, warum wir mitten in der Nacht mit dem Fahrrad durch die Berge fahren.«

»Es ist gerade mal acht Uhr«, antwortete sein Freund Justus Jonas.

»Ja, aber so dunkel wie zur Geisterstunde.«

»Dafür kann ich ja nichts.«

»Nein, aber warum die Eile? Ich habe nach dem Training nicht einmal mehr duschen können, weil ich euch *sofort* treffen sollte.«

Der dritte Detektiv Bob Andrews nickte. »Und ich schleppe immer noch meine Schulsachen mit mir herum, weil ich den ganzen Tag unterwegs war.« Er klopfte auf seinen Rucksack, der schwer und warm auf seinem Rücken hing und ihn langsam nervte. »Also, Erster?«

»Ich möchte einfach nicht zu spät bei Patricia Osborne auftauchen«, sagte Justus etwas kurzatmig, denn die Strecke ging leicht bergauf. »Sie weiß nämlich nicht, dass wir kommen. Und für einen unangemeldeten Besuch ist acht Uhr für mein Empfinden schon fast zu spät.«

»In Ordnung, aber worum geht es denn überhaupt?«, fragte Bob.
»Das habe ich euch doch schon gesagt. Allie Jamison hat mich heute Nachmittag angerufen und mir erzählt, dass ihre Tante Patricia ein Problem sehr spezieller Natur hat und sie möglicherweise der Hilfe eines erfahrenen und klugen Detektivteams bedarf.«
»Also erstens wundert es mich stark, dass du überhaupt mit Allie geredet hast«, meinte Peter. »Ich dachte, du hasst sie.«
»Ich hasse sie nicht. Sie geht mir nur auf die Nerven. Aber die Fälle, die sie uns in der Vergangenheit beschert hat, waren durchweg interessante Herausforderungen, daher konnte ich darüber hinwegsehen.«
Der Zweite Detektiv fuhr fort: »Zweitens: Warum ist sie nicht hier? Sie ist doch sonst nie von unserer Seite gewichen, wenn sie uns beauftragt hat.«
»Sie hat genauso wenig Schulferien wie wir, und da sie immer noch ein Internat besucht, konnte sie da natürlich nicht weg.«
»Drittens: Tante Patricia? *Die* Tante Patricia? Die durchgeknallte Spinnerin, die alle acht Wochen einer neuen obskuren Kultgemeinschaft beitritt und lieber auspendelt, ob sie nach rechts oder links geht, anstatt auf einen Stadtplan zu schauen?«
Justus grinste. »Genau die.«
»Aber warum fahren wir in den Tuna Canyon?«, fragte Bob. »Tante Patricia wohnt doch zusammen mit ihrer Freundin Sunshine in dieser Verrückten-WG in dem alten Kasten am Strand.«

»Nicht mehr«, erklärte Justus. »Ein Wünschelrutengänger hat wohl einige sehr negative Energiefelder in dem Haus erspürt. Danach sind alle ausgezogen.«
Peter war fassungslos. »Ernsthaft?«
»Nein, das war ein Scherz. Oder auch nicht, wer weiß das schon so genau bei Tante Patricia. Ich habe keine Ahnung, warum sie dort nicht mehr wohnt. Jedenfalls hat sie aktuell Probleme mit einem ihrer neuen Mitbewohner: Mr Giggles.«
»Aha«, sagte Peter. »Und warum? Hat seine Aura die falsche Farbe?«
»Er wandelt durchs Haus.«
Der Zweite Detektiv wartete darauf, dass noch mehr kam, doch Justus schwieg.
»Er wandelt durchs Haus? Das ist alles?«
»Ja.«
»Und das ist ein Fall für die drei ???, weil …?«
»Weil Mr Giggles eine Puppe ist. Eine Bauchrednerpuppe, um genau zu sein.«
»Oh«, sagte Peter.
»Ich hatte kaum Zeit, mich zu informieren, daher weiß ich lediglich, dass die Puppe dem begnadeten Bauchredner Frank Corman gehört hat, dem Gastgeber der ›Frank and Giggles Show‹. Das war früher eine berühmte Fernsehsendung, in der wöchentlich Gaststars auftraten, mit denen Frank Corman und seine Puppe dann Späße getrieben haben. Ist aber schon ewig her.«
Bob nickte. »Ich kenne die Sendung nicht, aber Frank Corman ist vor Kurzem gestorben, da stand was über ihn und die ›Frank and Giggles Show‹ in der Zeitung.«

»Und diese Puppe … wandelt bei Tante Patricia durchs Haus?«, fragte Peter.
»Das sagt zumindest Allie. Ihre Tante habe sich in letzter Zeit sehr seltsam benommen, sie sei verängstigt und durcheinander gewesen. Als Allie sie zur Rede stellte, rückte sie mit dieser Geschichte heraus: Mr Giggles würde in ihrem Haus spuken.«
»Und da war es natürlich um dich geschehen«, sagte Bob. »Allie und Tante Patricia hin oder her – dieses Rätsel kannst du dir unmöglich entgehen lassen.«
»Ihr etwa?«
»Ich sage dazu jetzt mal nichts«, murmelte Peter und merkte, wie ihm unwohl wurde. Fälle, in denen Puppen herumliefen, lagen ihm nicht besonders.
Vor ihnen schimmerte ein schwaches Licht durch die Bäume am Wegesrand. Als sie näher kamen, erkannten sie vor einer flackernden Lichtquelle die Silhouette eines kleinen Holzhauses. Es sah aus, als hätte jemand hinter dem Gebäude ein Lagerfeuer angezündet.
»Das muss es sein«, sagte Justus und hielt an einem Briefkasten, der am Straßenrand auf einem Pfeiler befestigt war. Die metallene Röhre war mit verschnörkelten Buchstaben verziert: *Spirit Grove,* stand darauf.
»Der Name des Hauses«, erklärte der Erste Detektiv. »Das hat Allie mir verraten.«
Vor dem Haus standen vier Autos, darunter ein alter, bunt bemalter VW-Bus. Die Jungen parkten ihre Fahrräder auf einem freien Platz. Bob war froh, endlich seinen Rucksack abnehmen zu können. Die Gegend hier war so gottverlassen,

den würde schon niemand klauen, also stellte er ihn neben sein Rad.
Dabei fiel sein Blick auf einen etwa daumenbreiten weißen Streifen, der quer zu seinen Füßen über den Boden verlief und sich in der Dunkelheit verlor. »Seht mal!« Der dritte Detektiv kniete sich hin und strich mit den Fingern darüber. Anschließend rieb er Daumen und Zeigefinger aneinander, roch daran und hielt schließlich vorsichtig seine Zungenspitze an die Fingerkuppe. »Salz.«
»Sieht aus, als ob die Linie das ganze Haus umschließt«, sagte Justus. »Ein Salzkreis.«
»Warum streut jemand Salz auf den Boden?«, fragte Peter verständnislos.
»Das ist in okkulten Kreisen ein gängiges Mittel, um böse Geister fernzuhalten«, erklärte Bob.
»Na, das geht ja schon gut los«, murmelte der Zweite Detektiv.
Sie traten vorsichtig über das Salz und stiegen die drei knarrenden Stufen zur Haustür hinauf. Doch auf ihr Klopfen reagierte niemand.
»Es ist auf jeden Fall jemand zu Hause«, sagte Peter mit Blick auf die Autos.
»Wahrscheinlich im Garten beim Feuer«, vermutete Bob. »Kommt, wir gehen nach hinten.«
Nirgendwo gab es einen Zaun, eine Mauer oder eine Hecke. *Spirit Grove* stand halb in der Wildnis. Daher war es kein Problem, das Haus zu umrunden.
Das flackernde Lagerfeuer kam in Sicht – und sofort blieben die drei Detektive wie angewurzelt stehen. Beim Feuer be-

fanden sich vier Gestalten in langen roten Umhängen mit großen Kapuzen. Sie standen mit dem Rücken zum Haus und blickten Richtung Waldrand. Mit der rechten Hand zogen sie merkwürdige Zeichen in die Luft. Dabei sprachen sie gemeinsam wie bei einem Gebet Worte in einer fremdartigen Sprache: »Ateh … Malkuth …Ve Geburah …«

»Was ist denn hier los!?«, fragte Peter leise und drückte sich an die Hauswand. Justus und Bob taten es ihm gleich.

»Sieht aus wie eine Geisterbeschwörung«, raunte Bob.

»Schaut!« Aufgeregt stieß Peter dem Ersten Detektiv den Ellbogen in die Rippen. »Da sitzt eine Puppe!«

Die Puppe war etwa einen Meter groß, trug einen schwarzen Anzug und hatte streng zurückgekämmtes Haar. Mit ausgestreckten Beinen saß sie auf einem mächtigen Stein und starrte ins Feuer. Im flackernden Schein der Flammen sah es fast so aus, als seien die Glasaugen lebendig.

»Ist das dieser Mr Giggles?«, flüsterte Bob.

»Ich glaube schon«, raunte Justus, »ich hab ein Bild von ihm im Internet gesehen.«

Eine der rot gewandeten Gestalten, offenbar ein Mann, vollführte eine letzte große Geste, wandte sich den anderen zu und sagte: »Lasst uns beginnen!«

Sie lösten ihren Kreis am Feuer auf und gruppierten sich nun um die Puppe. Ihre Gesichter lagen im Schatten der Kapuzen. Der Mann hob die Puppe hoch, hielt sie mit den Fingern am Kopf umklammert und streckte sie von sich weg. »Weichet, ihr finsteren Mächte!« Seine Stimme hallte laut und gebieterisch durch den Canyon. »Weichet und kehrt zurück in euer Reich!« Dann setzte er die Puppe wieder ab.

Nun drehten sich die Anwesenden nacheinander in die vier Himmelsrichtungen, sprachen erneut fremdartige Worte und zogen mit ihren Zeigefingern Zeichen in die Luft. Als sie sich in Richtung des Hauses wandten, duckten sich die drei Detektive in den Schatten, um nicht entdeckt zu werden.

»Ein Pentagramm«, wisperte Justus, als er das Luftzeichen erkannte. »Ein fünfzackiger Stern, das ist ein bekanntes magisches Zeichen, das –«

»Halt die Klappe, Just!«, zischte Peter, der fürchtete, dass man sie hören könnte.

Die vier Gestalten breiteten ihre Arme aus. Wind kam auf und bauschte die roten Umhänge. Peter fröstelte.

»Vor mir – Raphael!«, rief die Gruppe im Chor. »Hinter mir – Gabriel. Zu meiner Rechten – Michael. Zu meiner Linken – Auriel. Vor mir flammt das Pentagramm! Hinter mir –«

Plötzlich und wie von Geisterhand klappte der Mund der Puppe auf. Die Umhänge flatterten im Wind. Einer von ihnen geriet in die Flammen – und fing an zu brennen! Da die vier Personen jedoch vom Lagerfeuer abgewandt standen, bemerkte es keiner von ihnen.

Die Flammen leckten langsam am Stoff empor …

Der Zorn des Osiris

Peter zögerte keine Sekunde. Er stürmte hinter der Hausecke hervor auf die Gruppe zu und rief: »Feuer!«
Jemand schrie und fuhr herum. Alle sahen, was passiert war. Doch da war der Zweite Detektiv schon bei der brennenden Robe und riss sie der Trägerin herunter. Die Flammen versengten die Härchen auf seinem Unterarm, bevor er den Umhang zu Boden werfen und sie austreten konnte.
Als der Stoff nur noch qualmte, atmete Peter auf. Er drehte sich zu der Frau um, die er vor dem Feuer gerettet hatte. Sie trug jetzt nur noch beigefarbene Unterwäsche, war jedoch viel zu erschrocken, um sich etwas daraus zu machen. Peter zuckte zusammen, als er erkannte, wen er vor sich hatte.
»Tante Patricia!«, keuchte er. »Ich meine ... Miss Osborne! Um Himmels willen!«
Patricia Osborne sah ihn an, als sei er geradewegs mit Alice aus dem Wunderland gekommen. Ihr Haar war in einem schimmernden Lavendelton gefärbt. »Wo kommst du denn auf einmal her?«
»Ich ... ich ... äh ...«
»Kennen wir uns nicht?«
»Patricia!«, rief der Mann mit der gebieterischen Stimme wütend. Er setzte seine Kapuze ab. Blassblaue Augen funkelten Peter an. »Was geht hier vor? Wer ist dieser Bengel? Wieso ist der hier?«
Nun kamen auch Bob und Justus herbeigelaufen. Der Erste Detektiv hatte auf der Veranda eine lange Strickjacke gefun-

den und sie geistesgegenwärtig mitgebracht. Er reichte sie Patricia Osborne wortlos, die die Jacke dankbar überzog, während sie die drei musterte.
»Moment mal … ja, ich kenne euch! Ich habe euch schon einmal gesehen … Wo war das nur?«
»Im Haus Ihrer Schwester«, erinnerte Justus sie. »Es ist schon einige Zeit her. Wir sind die drei Detektive und haben die finsteren Machenschaften Ihres Hausgastes Mr Asmodi aufgedeckt. Justus Jonas.« Er streckte ihr die Hand hin, die sie schlaff ergriff und schüttelte. »Und das sind Peter Shaw und Bob Andrews.«
»Ja, richtig! Na, so ein Zufall, dass wir uns hier heute wiedersehen!«, sagte Tante Patricia in dem verträumten und leicht abwesenden Tonfall, den die drei ??? bereits kannten. »Und genau im richtigen Augenblick! Das hätte ja böse ins Auge gehen können mit dem Feuer. Aber was *macht* ihr denn hier?«
»Das würde ich auch gern wissen«, sagte die zweite Frau in der Gruppe grimmig und verschränkte die Arme, sodass die goldenen Armreife an ihren Handgelenken klimperten. Sie war groß und schlank und hatte graublondes Haar. Es war Sunshine, Tante Patricias Freundin. Die drei ??? kannten sie nicht, waren aber einmal ihrer Zwillingsschwester begegnet.
»Sie haben uns heimlich beobachtet«, sagte der Anführer wütend. »Ich verlange eine Erklärung!«
»Das stimmt, Sir«, gab Justus zu. »Wir haben Sie heimlich beobachtet, aber das war nicht unsere Absicht. Wir sind hier, weil Miss Osbornes Nichte Allie uns darum gebeten hat, ihrer Tante einen Besuch abzustatten. Auf unser Klopfen

reagierte niemand, also gingen wir nach hinten in den Garten, wo wir von der Straße aus das Feuer gesehen hatten. Wir wollten Sie nicht stören bei Ihrem … Ritual. Also warteten wir.«

»Was für ein Glück!«, fand Tante Patricia. »Das Schicksal hat uns zusammengeführt. Wie nett von Allie, euch zu mir zu schicken, wirklich! Aber sie macht sich zu viele Gedanken um mich, ich bin ja keine einsame alte Frau, um die man sich kümmern muss. Ich habe viele Freunde! Ach, ich habe sie euch noch gar nicht vorgestellt, wie unhöflich!« Sie drehte sich zu ihren drei Begleitern um. »Das ist meine Freundin Sunshine. Und das unser Mitbewohner Vandaan.« Sie zeigte auf den Vierten im Bunde, einen kleinen Mann mit heller Haut und rundem Gesicht. Er hatte bislang noch kein Wort gesagt, sondern lediglich alles aus kleinen Augen beobachtet. Auf dem Kopf hatte er nur noch wenige kurze rotblonde Haare und kaum Augenbrauen im Gesicht. Als er den drei ??? zunickte, verzog er keine Miene.

Schließlich wandte sich Tante Patricia dem Anführer des Rituals zu. »Und das ist –«

»Ist das jetzt dein Ernst, Patricia?«, unterbrach dieser sie wütend. »Machen wir hier ein Kaffeekränzchen? Diese Flegel haben unser Ritual gestört! Meine Verbindung zu den kosmischen Kräften ist abgerissen. Ich glaube nicht, dass ich sie heute noch mal herstellen kann.«

»Oh, Osiris!«, sagte sie bedauernd. »Wirklich? Das ist zu dumm. Aber sieh mal, immerhin haben die Jungen mich vor dem Feuer gerettet!«

»Es ist gefährlich, ein Ritual abzubrechen, liebe Patricia. Es kann ernste Konsequenzen haben, wenn man die Mächte, die man beschworen hat, nicht wieder in ihre Dimension entlässt.«

»Oh, du hast natürlich vollkommen recht, Osiris, bitte verzeih mir.« Sie wandte sich an die drei ???. »Osiris kennt sich aus mit diesen Dingen, er ist nämlich ein echter Schamane. Ja, was machen wir denn da, Osiris?«

»Ich kann nur versuchen, die Verbindung wieder aufzunehmen. Aber sicherlich nicht in Anwesenheit dieser drei Bengel!«

Justus hatte wenig Lust, einem Mann, der sich Osiris nannte und so tat, als würde er Kontakt zu kosmischen Mächten aufnehmen, eine Bühne zu bieten. Und er hatte nicht eine Sekunde lang vor, das Feld zu räumen. Also ignorierte er den Mann einfach und zeigte auf den Grund ihres Besuchs, die Bauchrednerpuppe. »Sieh an, Mr Giggles ist auch da!«

»Ja, das ist richtig!«, sagte Tante Patricia überrascht und war augenblicklich ganz vom Thema abgelenkt. »Du kennst ihn? Ach, bestimmt hat Allie dir von ihm erzählt. Ist er nicht großartig?«

»Ich finde ihn eher gruselig«, murmelte Peter, dem die Puppe nicht geheuer war. Natürlich war es nur eine Puppe, ein lebloses Objekt, das war ihm klar. Aber wie sie dasaß, grinsend und ins Feuer starrend, sah sie aus, als würde sie jedes Wort, das gesprochen wurde, genau verstehen.

»Und damit sind wir schon beim Thema«, nahm Justus den Faden dankbar auf. »Allie berichtete, dass die Puppe Ihnen Probleme bereitet, Miss Osborne. Sie macht sich Sorgen und bat uns, herzukommen und gegebenenfalls in der Angelegenheit zu ermitteln.«

»Zu ermitteln?«, fragte Tante Patricia verwundert. »Aber da gibt es nichts zu ermitteln.«
»Nein? Allie sagte, die Puppe würde Ihnen schlaflose Nächte bereiten.«
Tante Patricia lachte nervös. »Das stimmt. Aber Mr Giggles ist lediglich mit negativen Energien aufgeladen. Deshalb haben wir ja das Ritual durchgeführt. Ein Reinigungs- und Schutzritual, um den dunklen Einfluss zu brechen.«
»Wir haben das Ritual eben *nicht* durchgeführt, Patricia!«, meldete sich Osiris wieder zu Wort und blickte finster in die Runde. »Wir haben es mittendrin abgebrochen! Und dabei werden wir es jetzt auch belassen!« Wütend riss er sich den Umhang herunter und warf ihn zu Boden. »Mir reicht es. Ich wollte dir einen Gefallen tun, Patricia. Aber anscheinend gibst du dich lieber mit diesen drei dahergelaufenen Bengeln ab, die unsere heiligen Rituale nicht ernst nehmen. Ich muss sagen, ich hatte dich anders eingeschätzt.« Er wandte sich zum Gehen.
»Aber nein, Osiris, warte!«, rief Tante Patricia. »Das war doch nur ein Versehen! Die drei sind wirklich ganz nette Jungs! Sie haben –«
»Das interessiert mich nicht. Ich gehe. Erwartet nicht von mir, dass ich euch noch einmal ohne Gegenleistung helfe!« Damit stapfte der Schamane wütend davon. Wenig später hörten sie ein Auto wegfahren.
»Ziemlich aufbrausend, der Gute«, murmelte Bob.
»Oh nein, Sunshine, was machen wir denn nun?«, fragte Tante Patricia verunsichert. »Die Mächte, die wir heraufbeschworen haben …«

»Ich glaube nicht, dass es so schlimm ist, wie Osiris sagt«, versuchte Sunshine ihre Freundin zu beruhigen. »Das sah mir doch eher nach verletzter Eitelkeit aus.«
Die Worte schienen Tante Patricia nicht zu erreichen. »Er hätte uns bestimmt helfen können. Und nun haben wir ihn verärgert. So etwas Dummes!«
Vandaan, der bislang nichts gesagt hatte, räusperte sich. Seine Stimme war sehr leise und irritierend hoch. »Ich ... könnte mir vorstellen, dass wir auch ohne Osiris weitermachen können, Patricia. Wenn wir das Ritual beenden ...«
»Nein, nein«, wehrte sie gleich ab. »Die Verbindung ist abgerissen, das spüre ich ganz deutlich, Osiris hatte recht.«
»Gut«, murmelte Vandaan. »Dann werde ich mich jetzt zurückziehen. Du willst dich sicher um deine Gäste kümmern.«
»Ja, ja«, sagte Tante Patricia abwesend und sah Vandaan nicht einmal an. Der kleine Mann verließ die Gruppe leise wie ein Schatten und ging ins Haus.
»Es tut mir leid, dass wir hier so unangemeldet hereingeplatzt sind«, entschuldigte sich Justus, der sich nun, da Osiris weg war, etwas entspannte. »Wir hätten anrufen sollen.«
»Aber dann hättet ihr mich nicht vor dem Feuer retten können. Ich sage euch, das war Schicksal. Macht euch keine Vorwürfe. Dennoch sollten wir bald einen neuen Versuch unternehmen, die dunklen Mächte zu bannen, Sunshine. Nun hat Mr Giggles sogar schon versucht, mich in Brand zu setzen! Das wird mir doch langsam zu gefährlich mit ihm!«
»Versucht, Sie in Brand zu setzen?«, wiederholte Bob. »Sie sind der Meinung, die Puppe habe dafür gesorgt, dass Ihr Umhang Feuer fängt?«

»Aber ja! Die dunklen Mächte in ihm haben sich gegen die Kraft des Lichts gewehrt, die wir beschworen haben.«

»Nun ja … für mich sah es so aus, als hätte lediglich der Wind Ihren Umhang zu nahe an die Flammen geweht.«

Nun räusperte sich Peter. »Ich habe es auch gesehen, Bob. Es war zwar der Wind. Aber in dem Augenblick, in dem die Böe aufkam, riss diese Puppe ihren Mund auf. Es … es sah so aus, als hätte sie etwas damit zu tun. Als würde sie lachen!«

Die verfluchte Puppe

Zehn Minuten später saßen die drei ???, Patricia Osborne und Sunshine bei Kerzenlicht auf der Veranda, von deren Überdachung allerlei Holz- und Kristallschmuck baumelte, um in Ruhe über die Vorfälle zu sprechen. Auf der Hollywoodschaukel hockte Mr Giggles wie ein vergnügtes Kind. Gerade, als Peter wieder einmal verstohlen hinsah, riss Mr Giggles den Nussknackermund auf.

»Siehst du, Peter«, sagte Justus. »Der Mund klappt von ganz alleine auf. Mr Giggles hat sozusagen … ein loses Mundwerk.«

Der Zweite Detektiv war nicht überzeugt. »Ausgerechnet in der Sekunde, in der die Windböe Miss Osbornes Umhang zum Feuer weht?«

»Gerade *wegen* der Windböe, Zweiter«, meinte Justus und schob den Unterkiefer der Puppe nach oben. Dann gab er der Hollywoodschaukel einen ganz leichten Schubs – und schon klappte der Kiefer wieder herunter.

»Na schön«, murmelte Peter. »Mag sein. Aber wir sind ja nicht wegen eines losen Puppenmundwerks hier, oder?«

»Nein«, gab Justus ihm recht und wandte sich an Tante Patricia. »Warum *sind* wir hier, Miss Osborne?«

»Nun, ich weiß nicht. Die kleine Allie übertreibt ganz einfach. Ja, ich war etwas unausgeglichen in letzter Zeit, das gebe ich zu. Aber jetzt tue ich ja etwas gegen die dunklen Energien!«

»Vielleicht erzählen Sie uns einfach, was es mit dieser Puppe

auf sich hat, Miss Osborne«, schlug Bob vor. »Dann sehen wir ja, ob Allie übertrieben hat oder nicht.«
»Ja, wenn ihr meint ...«, sagte Tante Patricia, seufzte und fuhr sich durch das lavendelfarbene Haar. »Ich hatte vor drei Wochen das Glück, Mr Giggles günstig erwerben zu können. Als Kind habe ich die ›Frank and Giggles Show‹ geliebt! Ich war ganz erschüttert, als ich die Nachricht von Frank Cormans Tod vernahm. Na schön, er war schon Mitte achtzig, aber dennoch ... ein so talentierter Mann! Wie er der Puppe seine Stimme geliehen hat ... Man hat immer geglaubt, Mr Giggles wäre wirklich lebendig!«
Die drei ??? wussten, dass Patricia Osborne eine leidenschaftliche Sammlerin aller möglichen Dinge war, die einst Filmstars gehört hatten oder von ihnen in berühmten Filmen getragen worden waren. Sie besaß Ballkleider großer Hollywooddiven, die falschen Wimpern von Rita Hayworth, einen Degen von Errol Flynn und sogar einen der Hüte, die Harrison Ford als Indiana Jones getragen hatte. Solche Dinge konnte man oft bei Auktionen erwerben. Patricia Osborne hatte, obwohl sie nicht besonders wohlhabend war, schon ein kleines Vermögen in ihre Leidenschaft investiert.
»Wurde die Puppe versteigert?«, erkundigte sich Bob.
»Wie bitte?« Tante Patricia war gedanklich anscheinend schon wieder abgedriftet. »Ja, versteigert. Natürlich. Für einen guten Zweck. Und seitdem lebt Mr Giggles bei mir. Ich habe ihn in den schönen alten Sessel gesetzt, in dem Marlon Brando in *Der Pate* gesessen hat. Oben in meinem Sammelzimmer. Aber eines Tages ... saß die Puppe dort nicht mehr. Sondern hinter der Sessellehne. Es sah aus, als

hätte sie sich dahinter verkrochen! Ich dachte erst, sie wäre einfach heruntergefallen, aber einen Tag später passierte es wieder. Diesmal hatte Mr Giggles das Fenster geöffnet, hockte auf der Fensterbank und schaute hinaus. Und so ging es weiter, jeden Tag saß er woanders.«

»Einen Augenblick«, sagte Peter und beäugte Mr Giggles misstrauisch. »Wollen Sie damit sagen, die Puppe wäre von allein herumspaziert?«

»Aber nein.« Sie lächelte nachsichtig. »Mr Giggles ist nur eine Puppe! Er ist wahrscheinlich von bösen Geistern besessen. Von dunklen Mächten. So etwas passiert manchmal. Dafür kann niemand etwas. Man muss nur zusehen, dass man sie wieder loswird.«

»Und zu diesem Zweck haben Sie heute Abend ein Ritual durchgeführt«, vermutete Bob.

»So ist es. Ihr werdet sehen, schon bald wird Mr Giggles wieder ganz der Alte sein. Es rührt mich, dass Allie sich sorgt, aber ich bekomme das ganz gut selbst in den Griff.«

Die drei ??? warfen einander fragende Blicke zu. Keinem von ihnen bot diese Geschichte eine vernünftige Erklärung für die Ereignisse, aber sie waren auch etwas ratlos, wie sie reagieren sollten.

Da meldete sich Sunshine zu Wort, die bislang nur zugehört hatte: »Du verschweigst den Jungen die Hälfte, Patricia! Ich finde das nicht richtig. Sie sind extra hergekommen, um dir zu helfen. Da sollten sie auch die ganze Wahrheit erfahren.«

»Aber ich verschweige doch nichts! Mehr ist nicht passiert!«

»Du hast mir erzählt, du hättest die Puppe auch kichern gehört!«

»Ach ja, das eine Mal …«, murmelte Tante Patricia zerstreut. »Das war nachts. Das Kichern kam aus meinem Sammelzimmer. Aber vielleicht habe ich mir das auch bloß eingebildet.«

»Und was ist mit deiner Angst? Du machst doch nachts kein Auge mehr zu, seit diese Puppe im Haus ist.«

»Ach, nun übertreibst du aber, meine Liebe«, versuchte Tante Patricia, die Sache herunterzuspielen.

»Das tue ich nicht.«

»Ich reagiere nun mal sensibel auf die Anwesenheit von Geistwesen. Das war schon immer so. Deshalb schlafe ich schlecht. Aber wir unternehmen ja jetzt etwas dagegen. Detektive können uns dabei nicht helfen.«

Justus räusperte sich vernehmlich. »Ich schätze die Sache anders ein. Als Detektive haben wir die Erfahrung gemacht, dass das vermeintlich Übernatürliche stets einen sehr natürlichen Ursprung hat. Ich glaube nicht daran, dass diese Bauchrednerpuppe von bösen Mächten besessen ist. Sondern dass ein Mensch es so aussehen lässt. So war es auch bei Mr Asmodi, erinnern Sie sich?«

»Mr Asmodi war ja auch ein Betrüger«, gab Tante Patricia zu. »Ein ganz übler Geselle, ich habe dir von ihm erzählt, Sunshine, nicht wahr? Er hat nur so getan, als wäre er eine spirituelle Person. Aber hier liegt der Fall doch anders. Mr Giggles ist schließlich keine Person, sondern ein von einem Geistwesen besessener Gegenstand. Und das kann ja kein Betrüger sein.«

Justus wurde langsam klar, dass er mit vernünftigen Argumenten bei Tante Patricia nicht sehr weit kam. Er atmete einmal tief durch und versuchte es auf einem anderen Weg:

»Lassen Sie mich Ihnen eine einfache Frage stellen, Miss Osborne: Wenn die Puppe verflucht ist – warum werden Sie sie nicht einfach wieder los?«

Tante Patricia lachte. »Aber das ist Mr Giggles!«, erklärte sie. »*Der* Mr Giggles! Eines meiner wertvollsten Stücke! Er ist einmalig! Den kann ich doch nicht einfach weggeben!«

»Sie könnten ihn verkaufen an einen anderen Sammler«, schlug Peter vor.

»Aber warum sollte ich das tun?«, fragte Tante Patricia verständnislos. »Ich will ihn doch behalten!«

Justus seufzte. »Na schön. Kommen wir zurück zu meiner Betrugstheorie. Ich meinte natürlich nicht, dass Mr Giggles selbst ein Betrüger ist. Sondern dass ein Betrüger die Puppe spuken lässt.«

»Aber nein, das kann ich mir nicht vorstellen. Das müsste ja jemand sein, der Zugang zum Haus hat. Und warum sollte das überhaupt jemand tun?«

»Da gibt es verschiedenste Möglichkeiten«, sagte der Erste Detektiv. »Jemand könnte Sie in Angst und Schrecken versetzen wollen. Um Sie zu vertreiben. Um sich wegen etwas zu rächen. Um Sie zu etwas Bestimmtem zu bewegen.«

»Nein«, sagte Tante Patricia auf eine Weise, die Justus daran zweifeln ließ, dass sie überhaupt richtig zugehört hatte. »Nein, das ergibt ja alles keinen Sinn. Wer sollte das denn auch sein?«

»Nun …«

»Ich finde es sehr nett, dass ihr euch sorgt, aber ich benötige eure Dienste wirklich nicht.«

»Aber ich«, sagte Sunshine und sah ihre Mitbewohnerin herausfordernd an. »Mich geht diese Sache schließlich auch etwas an. Immerhin wohne ich genau wie du mit dieser Puppe unter einem Dach. Und wenn es nach mir ginge, wären wir dieses Ding schon längst wieder los. Ich halte es da nämlich mit Peter: Ich finde die Puppe gruselig. Aber sie gehört dir, ich verstehe schon. Dann lass die Jungs wenigstens herausfinden, was hier gespielt wird.«

»Aber ich dachte, wir wären einer Meinung, was die Geistwesen angeht!? Du warst doch auch dafür, Osiris um Hilfe zu bitten.«

»Schon«, gab Sunshine zu. »Aber es könnte auch sein, dass die drei Jungen recht haben. Dass es gar kein Geistwesen ist. Ich mache dir einen Vorschlag, Patricia: Wir versuchen es auf unsere Weise und die drei Detektive versuchen es auf ihre. Was hältst du davon?«

»Tja«, murmelte Tante Patricia gedankenverloren. »Aber was muss ich denn dafür tun?«

»Zunächst einmal würde es reichen, wenn Sie uns ein paar Fragen beantworten«, sagte Justus. »Wann genau hat es angefangen, dass Mr Giggles sich scheinbar bewegt hat?«

»Hm, lass mich überlegen … Vor zweieinhalb Wochen habe ich ihn ersteigert. Und das erste Mal bewegt hat er sich vor einer Woche.«

»Und zu welcher Tageszeit haben sich die Vorfälle ereignet? Haben Sie Mr Giggles vielleicht immer morgens nach dem Aufstehen an einem anderen Ort vorgefunden?«

»Nein, das war ganz unterschiedlich. Nachts, tagsüber …«

»Aber Sie haben nie selbst gesehen, wie die Puppe sich bewegt hat, oder?«

Tante Patricia schien kurz darüber nachdenken zu müssen. »Nein, gesehen habe ich das nie.«

»Und Sie?«, wandte Justus sich an Sunshine.

»Ich auch nicht.«

»War denn jemand im Haus, der die Puppe an einen anderen Ort gesetzt haben könnte? Ihr Mitbewohner zum Beispiel?«

»Das weiß ich nicht mehr so genau«, sagte Tante Patricia. »Ich habe nie darüber nachgedacht.«

»Ich bin tagsüber in Los Angeles und gebe Heilkräuter-Seminare«, sagte Sunshine sachlich. »Und Vandaan arbeitet oft in einem veganen Supermarkt in Malibu.«

»Aber nicht immer?«

»Halbtags. Meistens war es so, dass einer von uns nach Hause kam und Patricia uns von Mr Giggles' Ortswechsel berichtet hat. Aber nicht immer. Vor drei Tagen saßen wir gemeinsam beim Essen, und als Vandaan auf die Toilette ging, saß da plötzlich die Puppe.«

»Und vorher war sie im Sammelzimmer gewesen!«, bestätigte Tante Patricia.

»Kann in dieses Zimmer jeder rein?«

»Eben nicht! Es ist immer abgeschlossen, weil ich dort meine wertvollsten Stücke aufbewahre. Nur ich habe den Schlüssel. Sogar das Fenster ist vergittert.«

»Hat außer Ihnen dreien noch jemand Zugang zum Haus? Freunde? Familie? Eine Putzhilfe vielleicht?«

Miss Osborne schüttelte den Kopf und fing an, sich die Schläfen zu massieren. »Ach, diese vielen Fragen, die du mir stellst! Das erschöpft mich. Die mentale Anstrengung, versteht ihr … So eine Anrufung raubt mir immer sämtliche Kräfte …«

»Zwei Fragen noch, Miss Osborne«, bat Justus. »Fällt Ihnen irgendeine Person ein, die Ihnen nicht wohlgesinnt ist?«

»Weißt du, Justus, nach der Geschichte mit Mr Asmodi habe ich beschlossen, mich nur noch mit positiv eingestellten Menschen zu umgeben.«

»Na schön. Dann meine letzte Frage: Woher kennen Sie Osiris?«

»Wie meinst du denn das?«

»Ich möchte nur wissen, woher Sie ihn kennen.«

»Wir haben uns vor ein paar Tagen auf einem Workshop im Shakti-Center in Santa Monica kennengelernt. Heilmeditation. Wir waren alle zusammen dort, Sunshine, Vandaan und ich. In einer Pause sprachen wir über die Probleme, die Mr Giggles macht, und das bekam ein anderer Kursteilnehmer zufällig mit, Osiris. Er erklärte, dass er eine schamanistische Ausbildung hat, und bot gleich seine Hilfe an.«

»Und was möchte er als Gegenleistung?«, hakte Justus nach.

»Gar nichts«, antwortete Tante Patricia verwundert und leicht pikiert. »Es ist nicht so wie bei Mr Asmodi, Justus. Du glaubst wohl, ich hätte gar nichts dazugelernt, wie? Aber so ist es nicht. Osiris ist ein ganz anständiger junger Mann. Du brauchst ihn also gar nicht zu verdächtigen. Und nun reicht es mir mit der Fragerei. Ich bin müde und möchte zu Bett gehen.«

»In Ordnung«, lenkte Justus ein, um Tante Patricia nicht noch weiter zu verärgern. Er griff in seine Tasche und reichte ihr eine ihrer Visitenkarten.

Die drei Detektive

Wir übernehmen jeden Fall

???

Erster Detektiv:
Justus Jonas

Zweiter Detektiv:
Peter Shaw

Recherchen und Archiv:
Bob Andrews

»Vielleicht möchten Sie sich bei uns melden, wenn Ihnen noch etwas einfällt«, schlug Justus vor. »Wir –«

Das Poltern von Schritten im Haus unterbrach den Ersten Detektiv. Die Tür zur Veranda wurde aufgerissen. Vandaan stand vor ihnen. Sein Gesicht war schreckensbleich. »Patricia! Sunshine!«

»Was ist denn los?«, fragte Sunshine.

»In … in der Küche …«, stammelte Vandaan. »Kommt schnell!«

Der Geist des Bauchredners

Die drei ???, Sunshine, Tante Patricia und Vandaan standen wie vom Donner gerührt im Eingang zur Küche und starrten auf die gegenüberliegende Wand. Die Eile, zu der Vandaan gedrängt hatte, war unnötig gewesen. Was es zu sehen gab, lief nicht weg und verflüchtigte sich auch nicht.
Das machte es jedoch nicht weniger erschreckend.
Die Wand über dem Esstisch war beschmiert. In großen, halb verlaufenen roten Buchstaben stand dort:

So wirst du mich nicht los!
F.C.

»Ist das … Blut?«, fragte Peter und ging näher heran. Er schlug die Hände vor den Mund. »Um Himmels willen, es *ist* Blut!«
Der Erste Detektiv schaltete alle Lampen ein, um die Schrift so genau wie möglich inspizieren zu können. »Blut, in der Tat.«
»Just, geh weg da!«
»Blut kann einem nichts tun, Peter, es kratzt und beißt nicht. Und es stammt wahrscheinlich auch nicht von einem Menschen. Miss Osborne, haben Sie zufällig rohes Fleisch im Haus, das als Quelle für diese Schrift gedient haben könnte?«
»N…nein«, stammelte Tanta Patricia und ihre bisherige Gefasstheit bröckelte zusehends. Sie zitterte und kämpfte mit den Tränen.

»Mr Vandaan –«
»Einfach nur Vandaan, bitte«, korrigierte der kleine, haarlose Mann, ohne Justus anzusehen.
»Vandaan, Sie sind bereits vor zwanzig Minuten ins Haus gegangen«, stellte Justus fest. »Warum haben Sie erst jetzt Bescheid gesagt?«
»Ich war gar nicht in der Küche, sondern ging direkt nach oben in mein Zimmer. Gerade eben kam ich noch mal herunter, um ein Glas Orangensaft zu trinken. Erst da habe ich die Schrift gesehen.«
»Haben Sie darüber hinaus etwas Ungewöhnliches gesehen oder gehört?«
»Nein. Ich habe euch von meinem Zimmer aus auf der Veranda miteinander sprechen gehört. Das war alles.«
Nun begann Tante Patricia zu schluchzen. »Das … das ist schrecklich! Ich werde wieder die ganze Nacht kein Auge zutun!«
Sunshine nahm ihre Freundin in den Arm und versuchte, sie zu beruhigen.
»Das ist auf jeden Fall eine Nummer krasser, als einfach nur eine Puppe an einen anderen Platz zu setzen«, sagte Peter und es schauderte ihn.
»*So wirst du mich nicht los*«, las Bob laut vor und machte einige Fotos von der blutigen Nachricht. »Was ist damit gemeint? Bezieht sich das auf das Ritual, das Sie durchgeführt haben?«
Justus nickte. »Jemand möchte klarstellen, dass man ihm mit magischen Ritualen nicht beikommen kann. Jemand. Allerdings nicht Mr Giggles. Erstens war er die ganze Zeit drau-

ßen. Und zweitens hätte er sonst mit G. unterschrieben. Oder mit Mr G. Aber da steht F.C. Bin ich der Einzige, dem diese Initialen vertraut vorkommen?«

Bob runzelte kurz die Stirn, dann dämmerte es ihm. »Aber ja, Just! F.C. wie Frank Corman!«

»Der Puppenspieler Frank Corman?«, fragte Peter. »Der Erfinder von Mr Giggles?«

»Oh Gott, ihr habt recht!«, rief Sunshine. »So muss es sein! Es sind nicht einfach nur böse Mächte, die in Mr Giggles gefahren sind! Es ist Frank Cormans Geist!«

Patricia Osborne keuchte vor Schreck auf. Dann fiel sie in Ohnmacht.

»Der Geist eines Bauchredners in einer verfluchten Puppe«, sagte Peter tonlos. »Großartig. Genau mein Ding. Wird bestimmt mein Lieblingsfall.«

Die drei Detektive befanden sich auf dem Rückweg nach Rocky Beach. Tante Patricia war zum Glück nur ein paar Sekunden lang ohnmächtig gewesen. Mit vereinten Kräften hatten sie sie aufs Küchensofa gehievt, aber ein vernünftiges Gespräch mit ihr war danach nicht mehr möglich gewesen. Auch eine oberflächliche Spurensuche war ohne Ergebnis verlaufen. Um die völlig verängstigte Frau nicht noch weiter aufzuregen, hatten die Jungen die Blutschrift schließlich von den Kacheln gewischt und sich dann verabschiedet. Während sie nun zurückradelten, diskutierten sie die Vorfälle des Abends. Weil auf der einsamen Canyonstraße um diese Uhrzeit gar kein Verkehr mehr herrschte, konnten sie bequem nebeneinander fahren.

»Tante Patricia ist ja wohl unglaublich«, meinte Bob. »Sie hat wirklich gar nichts dazugelernt seit der Sache mit Asmodi. Und ihre durchgeknallten Mitbewohner stehen ihr in nichts nach. Was meint ihr – könnte es nicht sein, dass ihr einfach die Sicherungen durchgebrannt sind und sie sich nur wirres Zeug zusammenfantasiert?«
Justus schüttelte den Kopf. »Patricia Osborne lebt in ihrer eigenen Welt, da gebe ich dir recht. Aber obwohl sie extrem abergläubisch und verschroben ist, neigt sie meines Erachtens nicht zu Wahnvorstellungen und sie denkt sich auch keine Märchen aus. Wenn sie sagt, eine Puppe laufe in ihrem Haus herum, dann müssen wir erst mal davon ausgehen, dass das auch stimmt.« Justus wandte sich an Peter. »Das bedeutet aber selbstverständlich *nicht*, dass wir es wahrhaftig mit dem Geist eines Bauchredners in einer verfluchten Puppe zu tun haben, Zweiter. Das ist dir hoffentlich klar.«
»Ja, ist es«, gab Peter genervt zurück. »Es gibt schließlich keine Geister. Das habt ihr beide mir ja oft genug erklärt.«
»Echte Geister vielleicht nicht«, sagte Bob. »Aber der Gedanke, F.C. könnte für Frank Corman stehen, ist trotzdem naheliegend. Und damit ergäbe auch die Botschaft einen Sinn: *So wirst du mich nicht los.* Der Geist lässt sich nicht aus der Puppe vertreiben. Tante Patricia hat es also nicht ganz allgemein mit dunklen Mächten zu tun, sondern sehr konkret mit dem Geist des Puppenspielers.«
Justus nickte. »Dann lautet die Frage: Was will Frank Cormans Geist? Wieso lässt er Mr Giggles spuken?«
»Moment mal«, schaltete sich Peter ein. »Ich denke, es gibt keine Geister!? Was denn nun?«

»Es gibt keine Geister«, stimmte Justus zu. »Aber es gibt jemanden, der so tut, als wäre er ein Geist, und der will damit irgendetwas bezwecken. Nur was? Er hat bekannt gegeben, dass er sich nicht vertreiben lassen wird. Und seine Botschaft richtete sich an *eine* Person, nicht an mehrere. An Tante Patricia, wie wir annehmen dürfen, da sie die Besitzerin der Puppe ist. Er will etwas von ihr.«
»Dabei ist ausgerechnet sie diejenige, die so tut, als gäbe es gar kein Problem«, bemerkte Bob. »Wäre ihre Freundin Sunshine nicht gewesen, hätte sie uns abserviert, anstatt uns mit dem Fall zu beauftragen. Zumindest, bevor sie die blutige Botschaft gesehen hat. Erst da verlor sie die Fassung.«
»Verständlich«, fand Peter. »Ich würde durchdrehen, wenn mir jemand die Wand mit Blut beschmieren würde. Aber zum Glück haben wir ja schon einen ziemlich Verdächtigen.«
Justus wandte sich interessiert an den Zweiten Detektiv. »Ich kann mir schon denken, was jetzt kommt. Trotzdem würde ich es gern von dir hören. Wer ist denn deiner Meinung nach ›ziemlich verdächtig‹?«
»Na, Vandaan natürlich.«
»Und welche Tatsachen stützen deine Annahme?«, fragte Justus.
»Ist doch klar: Dieser Typ hat kaum was gesagt, drückte sich herum und ging ziemlich schnell ins Haus. Er hatte bestimmt zwanzig Minuten, die Blutschrift an die Wand zu schmieren. Außerdem arbeitet er halbtags. Da bleibt genügend Zeit, Mr Giggles von einem Ort zum anderen zu tragen. Und er hat sich total seltsam benommen.«

»Inwiefern?«, hakte Justus nach.
»Er hat einem nie richtig in die Augen gesehen. Ist dir das nicht aufgefallen?«
»Doch. Ich habe es jedoch als Zeichen der Unsicherheit fremden Menschen gegenüber gewertet. Nicht als verdächtiges Verhalten. Und die Tatsache, dass er genügend Zeit für die Taten gehabt hätte, bedeutet noch lange nicht, dass er sie auch verübt hat. Davon einmal abgesehen: Was wäre sein Motiv?«
»Keine Ahnung. Vielleicht nervt ihn Tante Patricia und er will sie aus dem Haus haben. Vielleicht hat sie das coolere Zimmer.« Peter merkte selbst, dass seine Erklärungen mehr als dürftig waren. »Ach, keine Ahnung, Just. Ich fand ihn halt merkwürdig.«
»Merkwürdig fand ich ihn auch. Aus dem Kreis der Verdächtigen ist er keinesfalls entlassen. Aber ich möchte dich darauf hinweisen, dass die Beschaffenheit der Blutschrift andere Schlüsse zulässt.«
»Ich weiß, was du meinst, Just«, mischte Bob sich ein. »Das Blut war schon fast getrocknet. Das ist mir aufgefallen, als ich die Fotos gemacht habe. Ich glaube nicht, dass zwanzig Minuten ausreichen, um Blut auf Kacheln trocknen zu lassen.«
»Aber das hieße ja, dass schon vorher jemand die Botschaft an die Wand geschrieben hat! Während die anderen draußen mit ihrem Ritual beschäftigt waren!«
»Exakt, Zweiter. Möglicherweise war der Täter sogar noch da, als wir ankamen. Leider können wir die Zeit nicht zurückdrehen, um das zu überprüfen.«

Sie erreichten das Ende des Canyons und damit den Ortsrand von Rocky Beach. Eine breite Straße kreuzte ihren Weg. Ab hier gab es auch wieder Laternen. Sie ließen ein paar Autos vorbei, bevor sie geradeaus in die Stadt weiterfuhren.

»Wie gehen wir nun vor?«, fragte Peter.

»Als Erstes brauchen wir eine Informationsgrundlage.«

»Um die Informationen kümmere ich mich«, kündigte Bob an. »Ich nehme an, wir wollen alles über Mr Giggles und Frank Corman wissen?«

Der Erste Detektiv nickte. »Und wenn es geht, auch über Vandaan. Wir haben es leider versäumt, nach seinem richtigen Namen zu fragen. Das Gleiche gilt für Osiris. Auch ihn sollten wir im Auge behalten, immerhin wäre er ein Nutznießer der Situation. Ohne Puppenspuk hätte Tante Patricia seine Dienste nicht in Anspruch genommen.«

»Die er allerdings kostenlos angeboten hat«, erinnerte Bob. »Ich schaue trotzdem, ob ich etwas über ihn herausfinden kann. Und was macht ihr?«

»Wir entwerfen einen Plan, wie wir *Spirit Grove* überwachen können. Wenn es uns gelingt, den Täter auf frischer Tat zu ertappen, wäre der Fall schnell gelöst.«

Sie erreichten die Kreuzung, an der sich ihre Wege trennten, und blieben kurz stehen, um sich für den nächsten Tag zu verabreden.

Aus den Augenwinkeln nahm Bob ein Licht wahr und drehte sich um. »Seltsam …«, murmelte er.

»Was denn?«

»Dahinten.«

Als Peter und Justus sich umwandten, verloschen zwei Lichter.
»Da ist ein Wagen mit so komischen eckigen Scheinwerfern. Jetzt hat der Fahrer sie ausgeschaltet. Aber ich bin mir ziemlich sicher, dass ich die Scheinwerfer vorhin an der Hauptstraße auch schon gesehen habe.«
Peter versuchte, das Auto im Dunkeln auszumachen, doch es war zu weit entfernt. »Du meinst, er ist uns seit der Kreuzung gefolgt?«
»Möglich. Ganz sicher bin ich nicht.«
»Wenn es so ist, sollten wir nicht unbedingt zu erkennen geben, dass wir es bemerkt haben«, riet Justus, und Bob und Peter blickten schnell wieder geradeaus. »Unsere Wege trennen sich hier sowieso. Halten wir einfach die Augen offen und treffen uns morgen nach der Schule in der Zentrale, in Ordnung?«
Seine beiden Freunde nickten und bogen nach links ab, während Justus nach rechts fuhr. Er radelte zum Schrottplatz, wo er wohnte. Am Roten Tor, einem ihrer geheimen Eingänge im Zaun, der das Schrottplatzgelände umschloss, hielt er ein paar Augenblicke nach dem Wagen Ausschau, den Bob bemerkt zu haben glaubte. Doch es war nichts Verdächtiges auf der Straße zu sehen. Achselzuckend öffnete Justus die Geheimtür und schob sein Fahrrad hindurch.
Es war schon spät und es wäre klüger gewesen, gleich ins Bett zu gehen. Aber Justus war zu neugierig. Anstatt das Wohnhaus der Familie Jonas zu betreten, wandte er sich einem alten Kühlschrank zu, der wie zufällig an einem Berg aus Schrott und Altmetall lehnte. Er öffnete die Kühlschranktür

und kletterte hindurch. Die Rückwand ließ sich aufklappen. Dahinter befand sich ein kurzer Wellblechgang, der an einer weiteren Tür endete – der Tür zur Zentrale, ihrem geheimen Detektivbüro.

Justus ließ sich am Schreibtisch nieder und schaltete den Computer ein. Er wollte sich noch kurz ein paar Bilder und Videos von Frank Corman und Mr Giggles anschauen. Dann hatte er etwas, worüber er beim Einschlafen nachdenken konnte. Schnell überflog er die ersten Treffer.

Frank Corman war vor der Kamera ein echter Gentleman gewesen: stets in einen schwarzen Anzug gekleidet, tadellos frisiert, strahlendes Lächeln. Es gab zahlreiche Fotos, auf denen er mit seiner Bauchrednerpuppe Mr Giggles posierte, oft neben den Stargästen seiner Sendung. Justus klickte auf ein Video der ›Frank and Giggles Show‹. Im Vorspann waren der Showmaster und seine Puppe Zeichentrickfiguren, die zu einer überdrehten Melodie herumalberten. Zum Schluss sang ein Chor lauthals: »The Frank and Giggles Shoooooow!!« Danach wurde Frank Corman auf einer karg eingerichteten Bühne eingeblendet. Das Publikum klatschte. Corman saß auf einem Barhocker und auf seinem angewinkelten Bein hockte Mr Giggles. Der Showmaster lächelte in die Kamera und setzte an, um etwas zu sagen, doch die Bauchrednerpuppe war schneller.

»Hallo, hier ist wieder Mr Giggles!«, rief sie in einer typischen Bauchrednerstimme, leicht gequetscht und ein bisschen undeutlich. »Und das ist mein Partner Frank! Willkommen bei der ›Giggles and Frank Show‹, hehe!«

»Moment mal«, sagte Frank irritiert. »Das heißt ›Frank and

Giggles Show‹. Es ist meine Show. Und du bist mein Partner. Nicht andersherum.«
Mr Giggles sah Frank überrascht an und drehte daraufhin den Kopf, um zu seinem Hinterteil zu schauen, wo natürlich Frank Cormans Arm war, da er die Puppe spielte. Mr Giggles sah wieder auf und kicherte. Die Augenbrauen, die Augenlider und die Augäpfel waren beweglich, was der Puppe eine erstaunliche Bandbreite an Gesichtsausdrücken ermöglichte.
»Ach, Frank, du glaubst doch nicht wirklich, sie würden jemandem eine Show geben, der ständig anderen Leuten an den Hintern fasst?«
Das Publikum lachte.
Der Humor war etwas angestaubt, aber Justus war fasziniert von der Perfektion, mit der Frank Corman das Bauchreden beherrscht hatte. Die Bewegung seines Kehlkopfes war kaum bis gar nicht wahrnehmbar, und auch das Puppenspiel beherrschte Corman so gut, dass man schon nach wenigen Sekunden vergaß, dass Mr Giggles kein echter Mensch war.
Fasziniert studierte Justus die Bewegungen der Puppe, als seine Aufmerksamkeit plötzlich abgelenkt wurde. Er hatte ein Geräusch gehört: das vertraute Knarren des Roten Tors!

Grüße von Giggles

Der Erste Detektiv drehte den Ton herunter und lauschte. Da draußen lief jemand herum. Und kurz darauf wurde das Kalte Tor geöffnet!

Justus sprang vom Stuhl, griff nach dem schweren alten Bürolocher, der auf dem Schreibtisch stand, stellte sich hinter die Tür und holte zum Schlag aus.

Da schwang auch schon die Tür zur Zentrale auf.

»Nanu, Just ist gar nicht da. Dabei hätte ich wetten können, dass er erst mal ins Internet geht. Ob er wirklich schon im Bett ist?«

»Nee, sieh doch, der Rechner ist an!«

Justus atmete innerlich auf und ließ den Locher sinken. Dann rief er: »Buh!«

Peter und Bob fuhren zusammen.

»Mann, Just, was soll denn das!«, rief Peter. »Warum versteckst du dich hinter der Tür? Und warum hast du einen Locher in der Hand?«

»Es war gerade nichts anderes in greifbarer Nähe«, verteidigte sich Justus. »Ich dachte, ihr wärt Einbrecher. Wir sind *morgen* verabredet, nicht heute Nacht, erinnert ihr euch?«

»Sehr witzig.«

»Wir sind hier, weil es Neuigkeiten gibt«, erklärte Bob.

»Neuigkeiten in so kurzer Zeit? Lasst mich raten: Der Verfolger ist wieder aufgetaucht!«

»Falsch. Das Auto haben wir nicht mehr gesehen. Aber ich habe etwas gefunden. Wir kamen bei mir zu Hause an und ich kramte in meinem Rucksack nach dem Schlüssel, da hatte ich plötzlich etwas anderes in der Hand.« Bob hielt einen runden, glänzenden Gegenstand hoch.

»Eine CD?«, wunderte sich Justus. »Und die war vorher nicht in deinem Rucksack?«

»Nein, ganz bestimmt nicht. Sieh mal!«

Bob reichte ihm die Scheibe. Auf der Oberseite hatte jemand mit wasserfestem Stift ein Gesicht gemalt. Es war kein Kunstwerk, aber man konnte eindeutig das glupschäugige, grinsende Gesicht von Mr Giggles erkennen. »Die muss mir jemand in *Spirit Grove* in den Rucksack gesteckt haben.«

»Du hattest den Rucksack am Fahrrad gelassen, oder?«

Bob nickte. »Ich hielt das für ungefährlich. Da oben im Canyon war schließlich niemand unterwegs, der ihn hätte klauen können.«

»Aber offensichtlich jemand, der dir die CD zugesteckt hat.« Justus zupfte an seiner Unterlippe. »Es könnte Vandaan gewesen sein oder Osiris. Oder ein Unbekannter, der vielleicht auch die Blutschrift angebracht hat. Oder jemand ganz anderes. Genau genommen können es nur Sunshine und Tante Patricia *nicht* gewesen sein, da wir die ganze Zeit bei ihnen waren.«

»Willst du nicht sehen, was drauf ist?«, fragte Peter ungeduldig.

»Selbstverständlich will ich das.«

Justus öffnete das CD-Laufwerk am Computer und wollte gerade die Scheibe einlegen, als er innehielt. »Halt! Fingerabdrücke!«

»Du hast recht, Just!«, stimmte Bob zu und lief sogleich in

den benachbarten Laborraum, in dem sie allerlei Detektivausrüstung aufbewahrten. Er kramte kurz herum und kehrte dann mit dem Fingerabdruckpulver zurück. »So eine CD ist ja ideal für Fingerabdrücke.«
»Es sind auch welche drauf, wie ich das sehe«, sagte Justus, während er die Scheibe schräg gegen das Licht hielt.
»Wenigstens zum Teil sind sie von mir«, gestand Bob. »Ich wusste ja nicht, was Sache war, als ich die CD in meinem Rucksack in die Finger bekam.«
»Wir werden sehen.«
Vorsichtig stäubte Bob die CD mithilfe eines ultrafeinen Pinsels mit Grafitpulver ein. Dort, wo die Finger die glatte Oberfläche berührt hatten, war eine hauchdünne Fettschicht zurückgeblieben, an der das Pulver haften blieb. Nun konnte man die Abdrücke deutlich erkennen und mit einer Klebefolie abnehmen und fixieren. Bald hatten die drei Detektive fünf verschiedene Abdrücke sichergestellt. Sie verglichen sie mit ihren eigenen Abdrücken, die sie schon vor langer Zeit für genau solche Zwecke genommen hatten.
»Dieser da ist von mir«, stellte Bob schnell fest. »Aber die anderen vier sind nicht meine.«
»Sehr gut«, sagte Justus. »Dann wissen wir ja schon, was wir zu tun haben, wenn wir Tante Patricia das nächste Mal besuchen. Und nun zum Inhalt dieses Datenträgers.« Er wischte die CD sauber und legte sie ins Laufwerk.
»Eine Videodatei«, sagte Peter, nachdem die CD eingelesen worden war. »Sonst nichts.«
Der Erste Detektiv öffnete sie.
Der Film begann mit ein paar fahrigen Kamerabewegungen

im Halbdunkeln. Dann wurde das Bild ruhiger und man sah einen nächtlichen Garten im Mondschein. Der Vollmond stand am Himmel und das Licht reichte aus, um eine Wiese und ein paar Bäume zu erkennen.

Zwischen den Bäumen erschien eine schattenhafte Gestalt. Sie wandte sich hierhin und dorthin, es war nicht auszumachen, was sie tat. Man konnte nicht einmal erkennen, ob es ein Mann oder eine Frau war. Eine Weile folgte die Kamera der Gestalt, die dies nicht zu bemerken schien.

Dann erklang plötzlich eine Stimme: »Hallo, hier ist wieder Mr Giggles!«

Das Bild wackelte, als der Kameramann vor Schreck zusammenzuckte und dann nach rechts in die Richtung schwenkte, aus der die Stimme gekommen war.

Ein großer Stein kam ins Bild. Es war der Findling im Garten von *Spirit Grove*. Und darauf saß Mr Giggles. Er sah zu der Gestalt hinüber, die nun nicht mehr im Bild war.

Mr Giggles blinzelte und wirkte absolut lebendig, als er den Kiefer herunterklappte und mit einer gequetschten und verschwörerisch raunenden Stimme fortfuhr: »Aber das stimmt gar nicht. Ich sehe nämlich nur aus wie Mr Giggles. In Wirklichkeit bin ich Frank. Du glaubst, ich sei für immer fort. Aber von nun an bin ich immer *da*! Ich werde keine Ruhe geben, bis die Wahrheit ans Licht kommt, hehe! Bis du alles zugibst! Hier ist wieder Mr Giggles! Ich bleibe jetzt für immer bei dir, hehe! Hehe! Hehe!«

Während die Puppe sprach, hatte die Kamera sie zitternd herangezoomt. Die drei Detektive sahen, wie Mr Giggles die Arme bewegte. Und die Augenbrauen. Wie sich das Mond-

licht in den blauen Glasaugen spiegelte. Und vor allem, dass niemand die Puppe bewegte.
»Just!«, raunte Peter. »Es gibt keinen Puppenspieler! Die Puppe bewegt sich von selbst!«
Mr Giggles kicherte immer noch und hielt sich dabei den Bauch.
Dann knackte und raschelte etwas und die Gestalt vom Anfang des Films huschte durchs Bild und rannte davon in den Wald.
»Hehe! Hehe! Hehe!«, machte Mr Giggles, drehte den Kopf und blickte direkt in die Kamera.
Da bekam es auch der Kameramann mit der Angst zu tun. Er schwenkte ruckhaft ins Dunkel, dann endete der Film.
Einige Sekunden lang starrten die drei ??? schweigend auf den Bildschirm.
»Das war unheimlich«, sagte Bob schließlich.
»Es gab keinen Puppenspieler!«, wiederholte Peter. »Die Puppe war lebendig! Wie Tante Patricia gesagt hat!«
Justus nickte langsam. Auch er fand das Video unheimlich. Und er hatte noch etwas anderes bemerkt. »Kurz bevor ihr kamt, habe ich mir ein Video aus der ›Frank and Giggles Show‹ angesehen. Ich mag mich irren, aber für mich klang Mr Giggles gerade genau so wie damals. Also genau wie Frank Cormans Bauchrednerstimme.«
Peter spürte, wie sich die Härchen in seinem Nacken aufstellten. Er hatte Mühe, seiner Stimme einen festen Klang zu geben. »Dann stimmt es also, was Sunshine vermutet hat. Und Mr Giggles hat es ja gerade selbst gesagt: Frank Corman ist tot, aber sein Geist lebt in der Puppe weiter!«

Fragen über Fragen

Sie betrachteten das Video noch einige Male und versuchten, dem Geheimnis des fehlenden Puppenspielers auf die Spur zu kommen.

»So einen Film kann man natürlich digital nachbearbeiten und den Puppenspieler herausretuschieren«, murmelte Justus. »Aber so sieht es einfach nicht aus. Da hat jemand zufällig draufgehalten, während er eigentlich etwas ganz anderes filmen wollte.«

Bob nickte. »Das sehe ich auch so. Wer hat diesen Film bloß gemacht? Und was wollte er ursprünglich filmen?«

»Eine Gestalt im Wald«, antwortete Justus. »Und zwar im Wald hinter *Spirit Grove*. Da hat jemand jemandem nachspioniert. Und wurde dann von Mr Giggles aufgeschreckt.«

»Entweder das, oder wir sollen *glauben*, dass es so war.«

»Ein guter Punkt, Bob.«

»Hallo, Leute!«, rief Peter und wedelte vor den Gesichtern seiner Freunde herum. »Es ist doch jetzt vollkommen egal, wer da was filmen wollte. Es gab *keinen Puppenspieler*! Das ist ja wohl das Entscheidende an diesem Film! Frank Cormans Geist geht um! Und er steckt in dieser Puppe! Der Film ist doch der Beweis dafür! Ich weiß, ich weiß, ihr müsst es nicht sagen: Es gibt keine Geister und so weiter und so fort. Aber du hast selbst gesagt, dass Mr Giggles sogar mit der gleichen *Stimme* spricht wie früher. Wie erklärst du dir das, wenn Corman doch tot ist?«

»Vorläufig gar nicht«, gab Justus zu. »Aber da sich hier zunächst keine Lösungsansätze anbieten, sollten wir uns den Fragen widmen, die wir beantworten können. Zum Beispiel, wann der Film entstanden ist.«

»Wie sollen wir das denn herauskriegen?«

»Ich weiß es bereits: vor einer Woche.« Justus ließ Peter ein paar Momente zappeln, bevor er seine Erklärung nachschob: »Man kann in dem Film deutlich den Vollmond erkennen. Jetzt haben wir abnehmenden Halbmond. Der letzte Vollmond war also vor einer Woche.«

»Das ist genau der Zeitpunkt, an dem es laut Tante Patricia mit dem Spuk losging«, bemerkte Bob.

»Der Tag, an dem Franks Geist in die Puppe gefahren ist«, murmelte Peter schaudernd. »Bei Vollmond!« Doch seine Freunde schüttelten darüber nur den Kopf.

»Nächste Frage: Warum ist die CD in Bobs Rucksack gelandet?«

»Der Film ist eine Warnung an uns«, überlegte Bob. »Jemand wollte uns klarmachen, dass Mr Giggles wirklich spukt. Damit wir die Finger von dem Fall lassen!«

»Womit erneut der Blutschrifttäter infrage kommt. Letzte Frage: Wer ist die Person, die in den Wald geflohen ist? Es gibt mindestens zwei Menschen, die den sprechenden Mr Giggles in der Vollmondnacht gesehen und gehört haben: der Filmende und der Gefilmte. Aber entweder wohnt keiner von beiden in *Spirit Grove* – oder einer der Bewohner spielt ein falsches Spiel.«

Der Gedanke blieb wie eine düstere Wolke in der Luft hängen, bis Peter sagte: »Ich weiß nur eines. Tante Patricia darf diesen Film niemals zu Gesicht bekommen. Die fällt sonst

glatt ein zweites Mal in Ohnmacht. Sie glaubt zwar sowieso schon an Frank Cormans Geist, aber wenn sie Mr Giggles tatsächlich spuken *sieht*, würde sie das nicht verkraften.«
Justus nickte. »Wir sollten ihr zunächst nichts davon erzählen. Aber das müssen wir auch nicht. Wir haben ja die Fingerabdrücke. Wir müssen nur einen Weg finden, an die Abdrücke der verdächtigen Personen zu kommen, ohne Tante Patricia die ganze Geschichte zu erzählen. Außerdem sollten wir Mr Giggles einer genaueren Untersuchung unterziehen. Vielleicht finden wir auf diese Weise heraus, wie er sich ohne Puppenspieler bewegen konnte. Wäre doch gelacht, wenn wir dem Geheimnis von Mr Giggles nicht auf die Spur kämen!«

Am nächsten Tag trafen sich die drei ??? gleich nach der Schule erneut auf dem Schrottplatz. Da Bob zwei Stunden früher Schluss gehabt hatte, konnte er schon die ersten Ergebnisse seiner Recherche präsentieren.
»Frank Corman begann seine Karriere als Bauchredner im Zirkus«, berichtete der dritte Detektiv, während sie bei einer kalten Cola in der Freiluftwerkstatt saßen. In der Zentrale war es bei dem Wetter zu heiß. »Mit dem tingelte er einige Jahre durch die Lande, bis sich ein tragisches Unglück ereignete: Das Zirkuszelt brach bei einem Sturm während einer Vorstellung zusammen, wobei sogar Menschen ums Leben kamen. Danach war es mit dem Zirkus natürlich vorbei. Aber Frank hatte Glück, denn er wurde fürs Fernsehen entdeckt. Nachdem ein paar kleinere Auftritte beim Publikum sehr gut ankamen, erhielt er schnell seine eigene Show. Die

›Frank and Giggles Show‹ lief zwanzig Jahre lang sehr erfolgreich beim Sender CBC, bevor Corman aus Altersgründen kürzertrat. Aber auch dann war er mit seiner Puppe immer noch ein gern gesehener Gast in anderen Sendungen. Sein letzter Auftritt in einer Late-Night-Show ist noch gar nicht so lange her. Aber gesundheitlich ging es bergab und vor einem knappen Monat ist Corman dann gestorben.«

»Irgendwelche besonderen Vorkommnisse rund um Mr Giggles?«, erkundigte sich Justus.

»Soweit ich gesehen habe, keine. Mr Giggles ist halt eine Puppe. Mit einer recht bissigen, bisweilen sogar boshaften Persönlichkeit. Aber was immer er gesagt oder getan hat …«

Bob beendete den Satz nicht und schloss den Mund. Aber eine Stimme, die scheinbar aus dem Nichts kam, fuhr fort: »… hat in Hirklichkeit natürlich Hank Cornan gesagt und getan.« Die Stimme klang kehlig und gequetscht und ein bisschen undeutlich. Bob riss in gespielter Überraschung die Augen auf und drehte den Kopf nach links und rechts, aber Peter und Justus hatten ihn längst durchschaut.

»Wow, nicht schlecht, Bob!«, sagte Peter. Es war schon eine Weile her, dass sie in den Genuss von Bobs Bauchrednerkunst gekommen waren, als er sie für einen Varieté-Kurs in der Schule gelernt hatte. Danach hatte er sie jedoch schnell wieder vernachlässigt. »Hast du heimlich geübt?«

»Gestern Abend das erste Mal seit Monaten wieder«, gab Bob zu, schloss die Lippen und sprach mit seiner Bauchredner-Stimme weiter: »Ader dahür ging es noch ganz gut.«

»An einigen Lauten musst du noch arbeiten«, stellte Justus fest. »Und er heißt Frank, nicht Hank.«

»Ich weiß. Aber das F ist schwierig. Und das B auch. Und das M. Es gibt da ein paar Tricks, aber die kriege ich noch nicht hin.«

»Üb ruhig weiter«, ermunterte Justus ihn. »Es kann nicht schaden, für diesen Fall so viel wie möglich über das Bauchreden zu wissen. Hast du sonst noch etwas herausgefunden?«

»Ja. Ich habe versucht, Osiris ausfindig zu machen. Blöd, dass wir uns von Tante Patricia und Sunshine nicht seinen richtigen Namen haben sagen lassen.«

»Wenn sie ihn überhaupt kennen«, warf Peter ein.

»Zum Glück fiel mir wieder ein, wo sie ihn kennengelernt haben: im Shakti-Center in Malibu. Das ist so ein Selbsterfahrungsschuppen, wo man alle möglichen Kurse belegen kann: Chakrenmassage, Sehen mit dem Dritten Auge, Klangschalenzeug und so weiter. Vielleicht finden wir über die heraus, wer letzte Woche beim Heilmeditationsworkshop als Osiris aufgetreten ist. Da ist vorhin aber noch keiner ans Telefon gegangen.«

»Gute Idee, Bob!«

»Außerdem dachte ich, es wäre schlau, mit jemandem zu reden, der Frank Corman persönlich gekannt hat. Familie hatte er nicht. Also habe ich bei seinem Management angerufen, der Agentur ›Stars and Stiles‹ in West Hollywood. Und dort habe ich heute eine Verabredung.«

»Ausgezeichnet!«

»Aber erst in zwei Stunden. Ich könnte also noch mit euch zu Tante Patricia fahren.«

»Dann verlieren wir besser keine Zeit!«, sagte Justus und die drei ??? brachen auf.

Mission Fingerabdruck

Als sie *Spirit Grove* erreichten, stand vor dem Haus diesmal nur ein alter roter Ford. Bob parkte seinen VW Käfer, mit dem sie hergekommen waren, daneben. Dann gingen sie zur Haustür und klopften.

Zunächst rührte sich nichts. Doch nachdem Peter ein zweites Mal geklopft hatte, hörten sie von drinnen schlurfende Schritte und kurz darauf wurde die Tür geöffnet. Vor ihnen stand Patricia Osborne und blinzelte in die Sonne. Ihr Haar war zerzaust und sie sah die drei Jungen verstört an. »Ach, ihr seid es schon wieder.«

»Verzeihen Sie, Miss Osborne, haben wir Sie geweckt?«, fragte Justus.

»Wie bitte? Ja … Ich hatte mich kurz hingelegt. Muss wohl eingedöst sein. Letzte Nacht habe ich kein Auge zugetan.«

»Das kann ich mir vorstellen«, sagte Peter verständnisvoll. »Nach dem, was gestern passiert ist.«

»Was wollt ihr denn schon wieder hier?« Sie klang eher verwundert als verärgert.

»Uns erkundigen, wie es Ihnen geht«, sagte Bob. »Es tut uns wirklich leid, dass wir Sie geweckt haben.«

»Ach, schon gut«, seufzte Tante Patricia und öffnete einladend die Tür. »Kommt rein. Ihr bekommt ein Glas Limonade. Es ist so ein warmer Tag heute.«

»Vielen Dank«, sagte Bob und sie traten durch die Tür in den Flur, dessen Wände – wie sie am Abend vorher schon bemerkt hatten – behängt waren mit bunten Tüchern und

Postern von meditierenden Buddhas. Auch in der großen Küche, die von dort abzweigte, sah es nicht viel anders aus, nur dass hier außerdem überall kleine Kristalle, Traumfänger und getrocknete Kräuter hingen. An der Wand hinter dem Esstisch erinnerte nichts mehr an die Blutschrift, außer vielleicht, dass die Fliesen an der Stelle etwas sauberer glänzten. Der Rest der Küche glänzte nämlich eher nicht. Sie wussten noch von früher, dass Patricia Osborne oft schon mit einfachen Haushaltstätigkeiten überfordert war. Auch ihre beiden Mitbewohner schienen damit ihre Probleme zu haben. In der Spüle stapelte sich schmutziges Geschirr und der Tisch war voller Tassenränder.

Zum Glück war es genau das, worauf die drei Detektive spekuliert hatten.

»Ach, herrje, es ist gar keine Limonade im Haus«, klagte Tante Patricia, während sie vor dem geöffneten Kühlschrank stand. »Sunshine und ich trinken immer nur Tee aus selbst gesammelten Kräutern. Morgens Sonnenkräuter, abends Mondkräuter. Und Vandaan trinkt Orangensaft, aber er ist da sehr eigen. Ich weiß nicht, ob ich euch etwas von seinem Saft …«

»Tee ist wunderbar«, versicherte Bob.

»Miss Osborne«, begann Justus, während Tante Patricia sich am Wasserkocher und an einer Teedose zu schaffen machte, »wir sind natürlich auch hergekommen, um unsere Ermittlungen fortzusetzen.«

»Ach, das ist gar nicht nötig, Justus. Mr Giggles kann mir jetzt nichts mehr tun. Ich habe ihn in die Besenkammer gesperrt.«

Justus verdrehte innerlich die Augen, doch dann fiel ihm zum Glück ein entkräftendes Argument ein: »Er scheint nicht zwingend vor Ort sein zu müssen, um Schaden anzurichten. Gestern Abend zum Beispiel war er die ganze Zeit auf der Veranda. Das hat die Blutschrift an der Wand jedoch nicht verhindert.«
»Tja, da hast du natürlich recht«, murmelte Tante Patricia. »Aber was kann man da machen?«
»Wie gesagt: weiterermitteln. Zu diesem Zweck würden wir zunächst gern die Fingerabdrücke jedes Hausbewohners sichern.«
»Fingerabdrücke!? Aber wozu soll denn das gut sein?«
»Das ist eine Standardprozedur«, behauptete Bob. »Das machen wir immer so, wenn wir einen neuen Fall in Arbeit haben.«
»Aber was haben denn meine Mitbewohner damit zu tun? Nein, das passt mir nicht. Außerdem ist Vandaan bei der Arbeit. Und Sunshine gibt einen Kurs in Santa Barbara, die kommt heute erst spät zurück. Die beiden würden das auch nicht wollen mit den Fingerabdrücken. Und ich käme mir wie eine Verräterin vor. So etwas macht man doch nicht!«
»Dann würden wir wenigstens gern Mr Giggles einer genaueren Untersuchung unterziehen«, versuchte es Justus.
»Nein«, sagte Tante Patricia. »Dann macht ihr ihn womöglich noch kaputt. Er ist sehr kostbar. Der Tee ist fertig.« Sie schenkte vier Becher voll und reichte drei davon den Jungen. Alle nippten vorsichtig an dem Gebräu. Der Tee schmeckte ein bisschen nach alten Socken. Aber wahrscheinlich musste das so sein und war sehr gesund. Lediglich Justus war zu tief

in Gedanken versunken, um dem strengen Geschmack Beachtung zu schenken. Er dachte darüber nach, ob sie Tante Patricia doch von dem unheimlichen Video erzählen sollten, damit sie endlich einsah, dass es besser war, sie als Detektive gewähren zu lassen. Doch dann hatte er eine bessere Idee.
»Oh, mein Handy klingelt«, behauptete er und wies auf seine Hosentasche. »Vibrationsalarm«, fügte er noch hinzu, als Bob und Peter, die gar kein Klingeln gehört hatten, ihn fragend ansahen. Dann entschuldigte er sich und verließ die Küche. Draußen auf dem Flur war seine gedämpfte Stimme zu hören.
»Lecker, der Tee«, log Peter, um das peinliche Schweigen zu überbrücken, das sich ausgebreitet hatte.
»Ja, ganz ausgezeichnet«, sagte Bob.
»Nicht wahr?«
Justus kam zurück.
»Wer hat dich denn angerufen?«, fragte Peter.
Bevor Justus antworten konnte, klingelte im oberen Stockwerk das Telefon.
»Oh, entschuldigt mich«, sagte Tante Patricia und verließ die Küche.
Peter stöhnte. »Tante Patricia ist wirklich hartnäckig. Ich glaube, wir müssen unsere Mission abbrechen. Sie will ja gar nicht, dass man ihr hilft. Sie hält das alles für Unsinn. Ohne Sunshine auf unserer Seite stehen wir auf verlorenem Posten. Und der Tee ist auch widerlich.« Er ging zur Spüle und kippte seinen in den Ausguss.
»Wir brechen gar nichts ab«, sagte Justus. »Wir nehmen jetzt Fingerabdrücke!«

Unwillkürlich senkte Peter seine Stimme. »Aber wir wissen nicht, wie lange Tante Patricia telefoniert! Sie könnte jede Sekunde wieder hier sein!«

»Ein paar Minuten lang ist sie beschäftigt«, prophezeite Justus. »Mein Handy hat nämlich gar nicht geklingelt. Stattdessen habe ich Allie angerufen und ihr gesagt, dass sie ihre Tante ablenken soll. An die Arbeit, Kollegen! Wir beide werden hier tätig, Bob. Zweiter, du kümmerst dich um Mr Giggles. Er ist in der Besenkammer. Nimm ihn unter die Lupe! Mit etwas Glück sind Fingerabdrücke auf seinem Gesicht. Dort hat Osiris ihn gestern Abend festgehalten.«

»Und wenn ich in Tante Patricia hineinlaufe?«

»Dann lässt du dir was einfallen«, war Justus' Antwort.

Peter zuckte mit den Schultern und verließ die Küche. Im Flur sah er sich um. Unter der Treppe gab es eine schmale Tür. Sie war abgeschlossen, doch der Schlüssel steckte. In der kleinen Kammer dahinter hockte zwischen Besen und Putzmitteln auf einem umgedrehten Eimer Mr Giggles und grinste ihn an. Als Peter die nackte Glühlampe einschaltete, die von der Decke baumelte, blitzten die Augen auf, als steckte Leben in ihnen.

»Na warte, Mr Giggles«, murmelte Peter. »Du jagst mir keine Angst ein!« Er ging vor der Puppe in die Knie und betrachtete ihren Kopf. Er war aus lackiertem Holz. Perfekt. Peter zog das Tütchen mit dem Fingerabdruckpinsel aus der Tasche und machte sich an die Arbeit. Es war ein Kinderspiel, die Abdrücke sichtbar zu machen und zu sichern. Peter brauchte nur wenige Minuten. Anschließend beseitigte er gründlich die Spuren seiner Arbeit.

Dann horchte er ins Treppenhaus. Tante Patricia telefonierte noch immer. Peter nahm Mr Giggles vorsichtig hoch und untersuchte ihn genauestens. Seine schwarze Weste und sein weißes Hemd hatten kleine Taschen, aber die waren leer. Peter steckte die rechte Hand in die Öffnung am unteren Rücken, bis er im hohlen Kopf der Puppe anlangte. Seine Finger ertasteten die Mechanik, mit der man den Mund, die Augen und die Augenbrauen bewegen konnte. Das Öffnen und Schließen des Mundes war leicht, der Rest erforderte ein bisschen Übung.
Peter spielte einen Moment mit Mr Giggles herum und redete mit ihm. »Na, du blöde Puppe«, sagte er. »Du bist nichts weiter als das. Eine Puppe. Nur damit du es weißt.« Entschlossen blickte er in die grünen Glasaugen und stutzte. Doch da hörte er Tante Patricias Schritte auf den obersten Treppenstufen.
Schnell setzte er Mr Giggles auf seinen Platz zurück, knipste das Licht aus, schloss leise die Tür und eilte in die Küche.
»Das war Allie am Telefon«, berichtete Tante Patricia, als sie einen Augenblick später wieder bei den Jungen war. »Sie hat sich nach euch erkundigt. Ich habe ihr erklärt, dass ich nur Sunshine zuliebe dieser albernen Idee zugestimmt habe. Aber ich bin trotzdem gegen die Fingerabdrücke.«
»In Ordnung«, lenkte Justus ein. »Dann werden wir uns wieder auf den Weg machen. Schön, dass es Ihnen ein bisschen besser geht. Und danke für den Tee!«
Kurze Zeit später hatten sie das Haus verlassen und standen vor Bobs Wagen. »Und?«, wandte sich der Erste Detektiv an Peter. »Wie ist es gelaufen?«

»Ich habe die Fingerabdrücke«, sagte Peter stolz und reichte Justus die Pappe mit den fixierten Spuren. »Sonst war allerdings nichts Auffälliges an der Puppe zu finden. Bis auf eines. Welche Augenfarbe hat Mr Giggles?«
Bob zuckte mit den Schultern. »Keine Ahnung.«
»Grün«, sagte Justus.
Peter ließ enttäuscht die Schultern sinken. »Tatsächlich? Bist du sicher?«
»Ja.«
»Ich hätte wetten können, sie wären blau.«
Doch Justus, der ein unfehlbares Gedächtnis hatte, schüttelte den Kopf.
»Na gut. Dann habe ich eben doch nichts entdeckt. Vergiss es.«
»Kümmern wir uns also um die Fingerabdrücke«, sagte Justus. »Während Tante Patricia telefoniert hat, konnten wir ihre Abdrücke auf der Teedose sichern. Für die ihrer Mitbewohner reichte die Zeit nicht. Aber wir haben das hier.« Er öffnete seinen Rucksack einen Spaltbreit. »Ein benutztes Orangensaftglas und diesen Teebecher aus der Spüle.«
»Das Glas gehört bestimmt Vandaan«, sagte Peter.
»Und auf dem Becher steht ›Sunshine‹ drauf«, sagte Bob. »Wir hoffen, dass sie ihn auch benutzt hat. Bei der Unordnung, die in der Küche herrscht, wird ihn auf jeden Fall so bald niemand vermissen.«
Sie fuhren zurück zum Schrottplatz. Dort stiegen Peter und Justus aus. Bob verabschiedete sich, um Richtung Hollywood weiterzufahren, wo er seinen Termin bei der Künstleragentur ›Stars and Stiles‹ hatte. Peter stieg in seinen MG um

und brach auf nach Santa Monica, um dem Shakti-Center einen Besuch abzustatten. Justus blieb allein auf dem Schrottplatz und machte sich in der Zentrale gleich an die Arbeit.

In ihrem kleinen Labor war es nicht weiter schwierig, die Fingerabdrücke auf dem Orangensaftglas und dem Teebecher sicherzustellen. Justus nahm das Pappkärtchen mit den Abdrücken von der CD zur Hand, das er am Abend zuvor noch angelegt hatte, und verglich die Spuren.

»Interessant«, murmelte der Erste Detektiv. »Sehr interessant.«

Als er sich absolut sicher war, erhob er sich vom Stuhl, verließ die Zentrale, schwang sich auf sein Fahrrad und machte sich auf den Weg nach Malibu.

Stars and Stiles

Der Empfangsraum von »Stars and Stiles« war modern eingerichtet. An den sonst kahlen Betonwänden hingen sorgfältig ausgeleuchtete große Porträtfotografien der Künstler, die von der Agentur vertreten wurden.
Hinter dem edel geschwungenen Schreibtisch saß in kerzengerader Haltung die Chefin persönlich. Trixie Stiles hatte kurzes, silbrig glänzendes Haar und wache Augen. Sie telefonierte, als Bob eintrat, und bedeutete ihm, gleich Zeit für ihn zu haben.
Bob sah sich in Ruhe die Fotos an. Einige der Schauspieler kannte er. Auch Frank Corman war dabei. Auf einem großen Schwarz-Weiß-Foto posierte er mit Mr Giggles. Auf einem anderen, das aus einem Zeitungsartikel stammte, war er gemeinsam mit einer deutlich jüngeren Trixie Stiles auf dem roten Teppich zu sehen. Das war auf einer Oscar-Verleihung gewesen, auf der er als Komiker aufgetreten war, wie Bob der Bildunterschrift entnahm. Und Trixie Stiles hatte noch Trixie Hill geheißen. Die beiden strahlten Hand in Hand in die Kamera und Bob fragte sich, ob sie ein Paar gewesen waren.
»So, nun habe ich Zeit für dich«, sagte Mrs Stiles und Bob wandte sich von den Fotos ab. »Nimm doch Platz!«
Der dritte Detektiv setzte sich auf ein blütenweißes Sofa.
»Du möchtest also mit mir über Frank Corman sprechen?«
»Über Frank Corman und Mr Giggles«, sagte Bob. »Es ist für ein Schulprojekt.« Es war meistens besser, Erwachsenen

gegenüber etwas von Schulprojekten zu erzählen, dann waren sie viel eher bereit zu helfen. Dass sie in Wirklichkeit Detektive waren, wurde meistens sowieso nicht geglaubt. »Wir sollen ein Porträt über einen berühmten Künstler schreiben. Alle anderen in meiner Klasse haben ihren Lieblingssänger oder -schauspieler genommen. Aber ich habe mich für Frank Corman entschieden, weil ich die ›Frank and Giggles Show‹ früher immer mit meiner Oma geguckt habe.«

»Wie reizend«, fand Mrs Stiles. »Der liebe, gute Frank! Er hätte sich sehr darüber gefreut, dass die jungen Leute ihn heute noch kennen. Mit seiner Show und seinen Auftritten hat er die Herzen vieler Menschen gewonnen. Selbst als seine große Fernsehzeit schon längst vorbei war. Nach seinem Tod gingen so viele Briefe bei mir ein von Menschen, denen er etwas bedeutet hat!«

»Wie haben Sie ihn denn kennengelernt?«

»Oh, ich kannte ihn noch aus Zirkuszeiten. Frank trat im Zirkus Bonfanti auf, den ich gemanagt habe, weil der Direktor dafür kein Talent hatte.« Ein schwärmerischer Ausdruck trat in ihre Augen. »Wir waren damals ein Liebespaar. Aber wir wollten beide weg vom Zirkus. Frank war dort nie richtig glücklich gewesen und ich wusste von Anfang an, dass er eigentlich ins Fernsehen gehört. Und das hat dann ja auch geklappt. Von da an war ich seine Managerin. Das mit dem Liebespaar haben wir allerdings später wieder bleiben lassen, das hat nicht gut funktioniert.« Sie lachte.

Bob klappte seinen Notizblock auf und fing an, sich ein paar Stichworte aufzuschreiben. »Wie war Frank Corman denn so?«

»Oh, er war ein Verrückter!«, lachte Mrs Stiles. »Ein im besten Sinne Verrückter. Ständig war er mit seiner Puppe zugange. Wenn er in die Agentur kam, streckte für gewöhnlich Mr Giggles seinen Kopf zur Tür herein und rief: ›Hallo, hier ist wieder Mr Giggles!‹ Manchmal kam es einem so vor, als hätte die Puppe ein Eigenleben. Es war ein bisschen unheimlich. Gleichzeitig war Frank hochprofessionell. Bei allem Sinn für Schabernack – sobald die Kameras liefen, war er konzentriert. Und er war ein Menschenfreund. Hat sich immer sehr für andere eingesetzt und war ständig auf Wohltätigkeitsveranstaltungen. Für viele seiner Auftritte hat er keine Gage genommen, wenn sie für einen guten Zweck waren.«

»Ich verstehe. Dann geschah es wohl auch auf seinen Wunsch hin, dass Mr Giggles versteigert wurde«, nahm Bob an.

Mrs Stiles blinzelte irritiert. »Versteigert? Er wurde versteigert? Davon weiß ich gar nichts.«

»Ja, für einen guten Zweck.«

»Wann war denn das?«

»Vor zweieinhalb Wochen.«

»Seltsam«, murmelte Mrs Stiles, »dann wollte Bryan sie wohl nicht haben. Das kam mir eh schon komisch vor.«

Nun war wiederum Bob irritiert. »Bryan?«

»Bryan Bonfanti. Frank hat ihm die Puppe vererbt.«

»Bonfanti? Wie der Zirkus Bonfanti?«

»Ja, genau. Bryan ist der Sohn des Direktors. Er wurde von Frank testamentarisch bedacht. Ich muss gestehen, dass mich das ein bisschen überrascht hat. Ich dachte, Frank würde Mr Giggles an den Sender CBC und seinen Produzenten Mr Fernandez vererben, der ihn berühmt gemacht hat.«

Bob schrieb fleißig mit. »Aber sie ging an Bryan Bonfanti. Sind Sie da sicher?«
»Ganz sicher. Der Notar rief nämlich hier in der Agentur an, weil er die Puppe, die er an Bryan übergeben sollte, bei uns vermutete. Aber ich hatte sie bereits in die CBC Studios bringen lassen. Wie gesagt, ich war davon ausgegangen, dass sie sowieso dort landen würde. Das sagte ich dem Notar dann auch. Ich schätze, Bryan konnte sich die Puppe im Studio abholen. Dass er sie danach versteigert hat, finde ich allerdings seltsam. Er hätte die Puppe an das Studio verkaufen können, wenn er sie nicht behalten wollte. Und auch Mr Fernandez hätte sie bestimmt gern genommen, immerhin war Mr Giggles über lange Jahre eine Art Maskottchen für CBC.«
»Frank und Bryan müssen ja gut befreundet gewesen sein, wenn er ihm Mr Giggles vermacht hat«, meinte Bob.
»Das ist es ja eben – Frank und Bryan waren überhaupt nicht befreundet. Bryan war ein kleiner Junge, als sein Vater bei einem Unglück starb und es mit dem Zirkus vorbei war. Davon weißt du wahrscheinlich gar nichts.«
»Sie meinen das Zirkusunglück? Doch, darüber habe ich gelesen. Das Zirkuszelt brach bei einem Sturm zusammen, nicht wahr?«
Sie nickte und ihr Gesicht verdüsterte sie. »Es gab eine Unwetterwarnung und sogar Anweisungen von der Polizei, die Vorstellung abzusagen. Aber Mr Bonfanti, der Zirkusdirektor, hat sie in den Wind geschlagen. Wir anderen wussten alle nichts davon. Und dann krachte das Zelt zusammen. Drei Leute starben. Unter anderem Mr Bonfanti selbst. Er

hinterließ seine Frau und seinen Sohn Bryan. Und mit dem Zirkus war es natürlich vorbei.«

»Das ist tragisch«, meinte Bob mitfühlend.

»Ja. Frank fühlte sich danach immer ein bisschen für Bryan verantwortlich, denn der Junge hatte es natürlich schwer. Der Zirkus war pleite, die Versicherung zahlte nichts und der eigene Vater hatte alles verschuldet. Also schickte Frank ihm regelmäßig Geld. Ich glaube, es war auch schlechtes Gewissen dabei, denn mit dem Ende des Zirkus ging Franks eigene Karriere erst richtig los. Wie der Zufall es wollte, hatte nämlich ausgerechnet in dieser letzten Vorstellung Mr Fernandez gesessen. Der war schon damals Fernsehproduzent und auf der Suche nach talentierten Künstlern für neue Shows. Mr Fernandez hat Frank an diesem Abend entdeckt. Ironie des Schicksals.«

»Meinen Sie, Frank hat Mr Giggles deshalb Bryan Bonfanti hinterlassen, damit er ihn zu Geld machen kann? Um ihn auf diese Weise weiter zu unterstützen?«

»Möglich. Aber komisch ist es schon, denn viel Kontakt hatten die beiden wirklich nie. Frank schickte ihm Geld, Bryan bedankte sich mit Karten zu Weihnachten und zum Geburtstag. Mehr war es nicht. Aber man darf auch nicht vergessen, dass Frank in seinen letzten Monaten geistig stark abgebaut hat. Gegen Ende war er regelrecht verwirrt. Wer weiß, was ihn dazu bewogen hat, Bryan die Puppe zu vermachen.«

Bob hatte das Gefühl, hier auf eine interessante Spur gestoßen zu sein. »Ich würde das vielleicht gern weiterverfolgen und mit Bryan sprechen. Haben Sie zufällig seine Adresse?«

Trixie Stiles runzelte die Stirn. »Weiterverfolgen? Das klingt ja, als wärst du bei der Polizei. Bist du sicher, dass du das alles wirklich nur für ein Schulprojekt wissen willst?«
Bob versuchte, sich nichts anmerken zu lassen. Er hatte seine Tarnung tatsächlich kurz vergessen. »Ja, ja. Ich stehe auf der Kippe, wissen Sie. Mein Vortrag muss richtig gut werden.«
Die Agenturbesitzerin lächelte milde und begann, in einem altmodischen Karteikasten zu kramen. »An mir soll deine Collegezulassung nicht scheitern. Ich habe die Adresse hier irgendwo.« Sie fand die entsprechende Karteikarte und notierte die Anschrift auf einen Zettel. Während sie schrieb, sagte sie gedankenverloren: »Weißt du, es würde mich selbst interessieren, was Frank sich dabei gedacht hat. Und wie Bryan einfach so Mr Giggles verkaufen konnte an irgendjemanden. Ich weiß nicht, was für ein Mensch er ist, ich habe ihn das letzte Mal als kleinen Jungen gesehen. Aber es schmerzt mich, dass ihm Mr Giggles anscheinend so egal ist. Denn für Frank war die Puppe sehr wichtig. Manchmal hat er es auch übertrieben, vor allem in den letzten Jahren, als er mit dem Alter etwas sonderbar wurde. Er legte Mr Giggles kaum noch aus der Hand und sprach wahrscheinlich auch mit ihm, wenn er allein war. Aber davon abgesehen: Frank *war* Mr Giggles. Und Mr Giggles war Frank. Ohne ihn wäre er nur ein Stück Holz mit Stoff drumherum gewesen. Aber durch Frank wurde er zu einer … wie soll ich sagen … Person. Er wurde quasi lebendig. Und das ist er in gewisser Weise immer noch. Wenn ich Mr Giggles sehe, werde ich auch immer Frank in ihm sehen. Ein Stück von Frank wird in Mr Giggles weiterleben.«

Vandaans Geheimnis

Malibu war nicht sehr groß und auch kein richtiger Ort, sondern bloß ein Küstenabschnitt, an dem reiche Leute in ihren kleinen Villen und Strandhäuschen wohnten. Er lag nicht weit von Rocky Beach entfernt, weshalb Justus die Strecke mit dem Fahrrad bewältigen konnte.

Da Malibu kein eigentliches Zentrum hatte, wusste er nicht so recht, wo er den veganen Supermarkt suchen sollte. Doch ein brummiger Hotdog-Verkäufer an einem Strandparkplatz verriet ihm, dass sich der Laden oberhalb der Küstenstraße zwischen die kleinen Wohnhäuser gequetscht hatte. »Da wohnen diese ganzen Ökos und Freaks, die den lieben langen Tag nur Körner in sich reinstopfen, anstatt mal was Ordentliches zu essen. Hotdog gefällig?«

Justus nahm zwei, dann machte er sich auf den Weg die Berge hinauf. Zehn Minuten später hatte er den Supermarkt gefunden. Er war winzig und auf den Parkplatz passten nur wenige Autos. Im Moment stand der alte VW-Bus, den sie am Abend zuvor vor *Spirit Grove* gesehen hatten, allein dort.

Justus stellte sein Rad ab und betrat das Geschäft. Innen sah es ein bisschen aus wie ein alter Tante-Emma-Laden. Mehl, Zucker und Salz wurden in großen Säcken angeboten, in denen kleine Schaufeln steckten. Obst und Gemüse waren in Holzkisten drapiert.

Hinter dem Verkaufstresen stand Vandaan. Er trug ein buntes weites Hemd, das mit indisch anmutenden Ornamenten bestickt war. Als er Justus erkannte, zuckte er sichtlich zusammen und brauchte einen Augenblick, um die Fassung wiederzuerlangen. »Oh, was für ein Zufall!«, rief er, quälte sich ein Lächeln ab und schaffte es, den Blickkontakt für einige Sekunden zu halten, bevor er so tat, als wäre er mit dem Umschichten der Säcke und Kartons um ihn herum beschäftigt. »Wohnst du hier in der Nähe? Willst du was kaufen?«

»Ich will zu Ihnen, Vandaan.«

»Oh, ach so. Was … äh … kann ich für dich tun?«

»Sie können mir das hier erklären«, sagte Justus und legte die CD mit dem aufgemalten Mr-Giggles-Gesicht auf den Tresen.

»Eine … eine CD?« Vandaan leckte sich nervös über die Lippen. »Ist die für mich?«

»Die ist nicht *für* Sie, die ist *von* Ihnen«, klärte Justus ihn auf. »Wie Sie sehr genau wissen. Es sind nämlich Ihre Fingerabdrücke drauf.«

»Meine … was?«

Der Erste Detektiv hielt ihm seinen erhobenen Zeigefinger entgegen. »Abdrücke. Von Ihren Fingern.«

»Aber woher –«

»Wir sind Detektive«, erinnerte Justus ihn. »Und nun würde ich gern gleich zum Punkt kommen: Stecken Sie hinter dem ganzen Giggles-Spuk?«

Vandaan wirkte ehrlich erschrocken. »Was? Nein!«

»Haben Sie gestern das Blut an die Küchenwand geschmiert?«

»Nein! Um Himmels willen!«

»Warum haben Sie Bob diese CD in den Rucksack geschmuggelt? Was ist das für eine Aufnahme? Und was wissen Sie über Mr Giggles?«

Er konnte Vandaan förmlich ansehen, wie dieser verzweifelt nach einer Ausrede suchte. Doch dann bröckelte die Fassade und Panik trat in die Augen des kleinen Mannes. »Du darfst es ihr nicht sagen! Auf gar keinen Fall!«
»Wem darf ich was nicht sagen?«
»Patricia! Sie darf nicht wissen, dass ich … dass ich sie beobachtet habe. Und … gefilmt. Heimlich.«
»Sie meinen die Person im Wald, die auf dem Video zu sehen ist?«, fragte Justus überrascht. »Das war Miss Osborne?«
Vandaan nickte.
»Nun bin ich aber gespannt. Erzählen Sie mir, was genau in dieser Nacht passiert ist!«
Vandaan nagte an seiner Unterlippe und rang nach Worten. Als er schließlich sprach, blickte er starr auf den Verkaufstresen. »Patricia sammelt nachts Kräuter im Wald. Gerne bei Vollmond. Weil sie dann besser wirken. Die Kräuter, meine ich. Das hat mit den kosmischen Energien zu tun, weißt du.«
Justus winkte ab. »Und weiter?«
»Ich … na ja … ich habe sie dabei beobachtet.«
Justus runzelte die Stirn. »Warum?«
»Weil … weil … weil sie so selbstvergessen dabei ist. Und so schön.« Den letzten Satz sprach Vandaan so leise, dass Justus ihn kaum verstand. Das sonst so blasse Gesicht flammte rot auf.
Der Erste Detektiv hob die Augenbrauen. »Sie … hegen romantische Gefühle für Miss Osborne?«
»Sie weiß nichts davon! Und sie darf es auch nicht wissen!«
Justus unterdrückte ein Schmunzeln. »Wenn Sie mir den

Rest der Geschichte erzählen, wird sie von mir nichts erfahren.«
Vandaan nickte und seine Haut wurde wieder etwas heller. »Ich habe sie also gefilmt. Ich dachte, ich male sie vielleicht, wie sie nachts bei Mondschein Kräuter sammelt, und schenke ihr das Bild zum Geburtstag. Da hörte ich diese Stimme. Und dann saß da diese schreckliche Puppe auf dem Stein. Sie hat gesprochen und sich von allein bewegt! Ihr habt das Video ja gesehen.«
Justus nickte. »Die Puppe sprach also mit Miss Osborne. Und die ergriff vor Schreck die Flucht.«
»Genau wie ich. Als Mr Giggles mich plötzlich ansah, bekam ich Panik und rannte in den Wald. Eine halbe Stunde später traute ich mich wieder zurück. Da war er weg.«
»Hatte er denn schon auf dem Stein gesessen, als Sie in den Garten gingen?«, wollte Justus wissen.
»Nein. Er muss aus dem Haus gekommen sein, während wir im Wald waren.«
»Beziehungsweise jemand hat ihn dort hingesetzt«, warf Justus ein. »Halten Sie das für denkbar?«
»Theoretisch ja. Wir waren eine halbe Stunde lang nicht im Garten. Aber ich glaube, er ist selbst dorthin gegangen.«
Justus nickte nachdenklich. »War denn an jenem Abend sonst irgendetwas ungewöhnlich? Hatten Sie vielleicht Besuch? Von Osiris womöglich?«
Vandaan schüttelte den Kopf. »Es war ein ganz normaler Abend. Kein Besuch. Sunshine war schon zu Bett gegangen. Und Osiris kannten wir zu dem Zeitpunkt noch gar nicht. Der ganze Spuk fing ja erst in jener Vollmondnacht an.«

»Ich begreife eines nicht«, sagte Justus. »Warum hat Miss Osborne uns nichts von diesem Vorfall erzählt? Sie sprach nur davon, dass Mr Giggles wie von Geisterhand durchs Haus wandern würde. Dass er mitten in der Nacht im Garten mit ihr *gesprochen* hat, davon war nie die Rede! Hat sie Ihnen gegenüber etwas gesagt?«

Vandaan schüttelte den Kopf. »Nein. Und ich frage mich seit einer Woche das Gleiche. Ich habe versucht, sie darauf anzusprechen. Natürlich so, dass sie nicht merkt, dass ich dabei war und alles beobachtet habe. Sonst hätte ich ja erklären müssen, warum ich mitten in der Nacht da draußen war. Aber sie redete nur davon, dass die Puppe jeden Tag woanders säße und dass wir etwas unternehmen sollten. Sie hat angefangen, Bannkreise um die Puppe zu ziehen und Kerzen anzuzünden. Aber über diese Nacht verlor sie kein Sterbenswort.«

Justus knetete gedankenverloren seine Unterlippe. »Und Sie haben auch gestern Abend nichts davon erzählt, um sich nicht zu verraten. Stattdessen haben Sie Bob die CD in den Rucksack geschmuggelt. Wir dachten erst, dass uns damit jemand von weiteren Ermittlungen abhalten wollte. Aber das Gegenteil war der Fall. Sie wollten uns beweisen, dass Mr Giggles wirklich spukt, damit wir am Ball bleiben.«

»Genau so war es. Ich habe euer Gespräch auf der Veranda mitbekommen, mein Zimmer liegt direkt darüber und das Fenster war geöffnet. Als ich hörte, dass ihr als Detektive den Fall übernehmt, wollte ich euch irgendwie einen Hinweis geben, dass Patricia etwas verschweigt. Ohne dass sie erfährt, dass ich *weiß*, dass sie etwas verschweigt. Verstehst du?«

»Durchaus. Sie brannten also schnell Ihre Aufnahme auf eine CD und malten das Gesicht von Mr Giggles darauf. Aber Sie hätten auch einfach mit uns reden können, Vandaan. Miss Osborne hätte das ja nicht mitbekommen müssen.«

»Ich … habe mich nicht getraut«, gestand Vandaan und blickte beschämt zu Boden.

»Sie sollten sich generell mehr trauen«, riet Justus und dachte dabei an Vandaans Gefühle für Tante Patricia. Dann kehrte er zum Thema zurück: »Was ist mit der Blutschrift in der Küche?«

»Das war ich wirklich nicht! Damit habe ich nichts zu tun! Es war genau so, wie ich gesagt habe! Die Schrift war schon da, als ich in die Küche kam.«

»Und Sie haben uns letzte Nacht auch nicht mit dem Auto verfolgt?«

»Himmel, nein, warum hätte ich das tun sollen?«

Justus erinnerte sich an den VW-Bus, der auf dem Parkplatz vor dem Supermarkt stand. Und an seine runden Scheinwerfer. »Schon gut. Es war nur eine Frage. Eine letzte habe ich noch: Können Sie sich irgendeinen Reim machen auf diese ganzen Vorkommnisse, Vandaan? Haben Sie eine Idee, wer dahinterstecken könnte? Oder was jemand mit einem spukenden Mr Giggles oder einer verängstigten Patricia Osborne bezwecken will?«

Vandaans Blick bekam etwas Fiebriges. »Erklären kann ich es mir nicht. Aber ich glaube, Osiris steckt dahinter.«

»Aber Sie sagten gerade, dass Sie ihn erst nach dieser Nacht kennengelernt haben«, erinnerte Justus ihn. »Das passt nicht zusammen.«

»Vielleicht doch. Vielleicht *wollte* er, dass Patricia ihn als Schamanen engagiert. Vielleicht hat er … die dunklen Mächte beschworen, die nun in Mr Giggles wohnen.«
Justus schluckte alle bissigen Kommentare, die ihm auf der Zunge lagen, hinunter und sagte stattdessen: »Aber Sie haben gestern doch mitgemacht bei diesem Ritual. Sie scheinen Vertrauen in seine Fähigkeiten zu haben.«
Vandaan schüttelte den Kopf. »Das habe ich nur getan, um ein Auge auf ihn zu haben. Ich habe keinen Beweis, aber mit Osiris stimmt etwas nicht. Er hat eine schwarze Aura. Er lügt, das spüre ich. Und trotzdem glauben ihm alle. Patricia himmelt ihn an. Vielleicht hat er sie verhext! Und wenn er dazu in der Lage ist, dann führt er womöglich noch viel Schlimmeres im Schilde!«

Unter dem Bett

Als Peter das Shakti-Center in Santa Monica erreichte, hatte es noch geschlossen. Doch einem Aushang in einem Glaskasten neben dem Eingang entnahm er, dass um fünf ein Achtsamkeitskurs stattfinden würde. Das war in einer knappen Stunde. Peter hockte sich auf eine Mauer und wartete.
Nach einer halben Stunde rief Justus an und berichtete von seinem Gespräch mit Vandaan. »Hast du schon etwas über Osiris herausgefunden?«
»Nein, ich warte noch darauf, dass der Achtsamkeitskurs anfängt. Was ist das überhaupt?«
»Irgendwas mit dem Finden der inneren Mitte«, behauptete Justus.
»Na, ich weiß, wo meine innere Mitte ist. Da, wo mein Magen langsam anfängt zu knurren. Wenn hier nicht bald jemand auftaucht, muss ich wohl erst mal den Burger-Laden da drüben stürmen und … Oh, da kommt jemand! Der leitet bestimmt den Achtsamkeitskurs. Ich muss Schluss machen, Just, bis später!«
Ein junger Mann näherte sich. Er hatte lange Haare, ein fusseliges Bärtchen und trug Jesuslatschen an den Füßen. »Willst du zu uns?«
Peter nickte. Der junge Mann schloss die Tür auf und führte den Zweiten Detektiv in einen schlichten Raum, in dem es außer bunten Tüchern an den Wänden und bunten Kissen auf dem Boden nicht viel gab. »Zum Achtsamkeitskurs?«
»Nein, ich habe nur eine Frage«, begann Peter, doch der jun-

ge Mann wandte sich ab und zündete zunächst ein paar Räucherstäbchen vor einem steinernen Buddha in der Ecke an. Dann setzte er sich auf eines der bunten Kissen, blickte Peter an und sagte salbungsvoll: »Ich höre dir zu.«

»Also, es ist so. Meine Tante Patricia war neulich hier. Bei der Heilmeditation. Und da hat sie einen Mann kennengelernt.« Peter hatte sich draußen auf der Mauer eine kleine Geschichte zurechtgelegt. Doch während er sie erzählte, geriet sie etwas außer Kontrolle. Er berichtete, dass seine Tante Patricia seit der Begegnung mit diesem Mann davon überzeugt war, ihn aus einem früheren Leben zu kennen. Und dass sie es leider versäumt hatte, ihn nach seinem richtigen Namen zu fragen. Und dass sie seitdem verzweifelt sei. Und sie komme nur deshalb nicht selbst, weil sie seit zwei Tagen damit beschäftigt sei, ihren Geist auszusenden, um auf diesem Wege Kontakt mit dem Mann aufzunehmen, doch er, Peter, sei eher pragmatisch veranlagt und deshalb hergekommen, um seiner Tante zu helfen.

Während der Zweite Detektiv vor sich hin faselte, war er davon überzeugt, immer mehr auf eine Katastrophe zuzusteuern und bald hochkant aus dem Shakti-Center rauszufliegen. Aber der Bogen war bereits überspannt und er konnte nicht mehr zurück, also beendete er seine Geschichte schnell mit den Worten: »Ja, und da dachte ich, ich frage mal, ob Sie ihn kennen. Er heißt Osiris. Also … wahrscheinlich heißt er nicht wirklich so, aber …«

»Osiris!«, sagte Jesus überraschend freundlich. »Sag das doch gleich. Den kenne ich. Bevor er seinen eigenen Namen wählte, nannten seine Eltern ihn Dave Greenwood. Er wohnt in

Pacific Palisades.« Er beugte sich verschwörerisch vor. »Aber das nächste Mal muss deine Geschichte nicht ganz so abenteuerlich sein. Ich hätte deiner Tante auch so geholfen, wenn sie sich in ihn verguckt hat. Der göttlichen Macht der Liebe sollte man nie im Weg stehen.« Er zwinkerte Peter zu.

»Ach so. Äh … ja, danke«, sagte der Zweite Detektiv und machte, dass er rauskam.

Auf der Straße atmete er einmal tief durch, bevor er zu seinem Wagen ging und sich auf den Weg nach Pacific Palisades machte.

Dave Greenwoods Adresse war schnell ausfindig gemacht und nach zwanzig Minuten stand Peter vor einem schmucklosen Wohnklotz. Er drückte auf ein paar Klingelknöpfe, bis jemand fraglos den Summer betätigte und ihn hineinließ.

Im dritten Stock fand Peter die Tür mit dem Namensschild ›Greenwood‹. Der Zweite Detektiv legte das Ohr an die Tür. Sie war so dünn, dass er sicher etwas hören würde, falls jemand zu Hause war. Peter hoffte, dass niemand überraschend aus einer der benachbarten Wohnungen trat und ihn erwischte. Schließlich klopfte er, bereit zur Flucht, sollte sich drinnen etwas rühren.

Doch nichts geschah.

Peter zückte sein Dietrichset und machte sich an der Tür zu schaffen. Das Schloss war simpel, er hatte es bald geöffnet und schlich in das Apartment. Es bestand aus einem einzigen Raum mit angeschlossenem Bad, dessen Tür halb offen stand. Niemand war hier. Peter atmete auf und schloss die Wohnungstür hinter sich. Er sah sich um. Eigentlich hatte er eine ähnliche Inneneinrichtung wie im Shakti-Center oder wie in *Spirit Grove* erwartet. Bunte Tücher, einen Buddha in der Ecke … Doch stattdessen standen dort leere Bierdosen und an der Wand hing ein Wimpel von den Los Angeles Dodgers. Auch im spärlich bestückten Bücherregal fanden sich keine Lehrwerke über Lebenshilfe und Sternzeichen, sondern lediglich ein paar Bücher über Marketingstrategien mit Titeln wie »Verkauf dich selbst!« und »Das Charme-Prinzip«.

Peter wunderte sich noch, als er plötzlich Schritte auf dem Flur hörte. Sie kamen näher und näher … und verharrten direkt vor der Tür!

Der Zweite Detektiv erstarrte.

Nichts geschah. Und nichts war mehr zu hören. Es war, als würde draußen jemand lauschen, so wie er gerade gelauscht hatte. Hatte er sich durch irgendwas verraten!?

Minutenlang wagte Peter nicht, sich zu bewegen. Da drehte sich plötzlich der Türknauf!

Peter warf sich auf den Boden und rollte sich über ein paar dreckige Socken hinweg unter das Bett.

Jemand betrat das Apartment. Peter sah eine bunte, flatterige Hose. Osiris! Doch dann begann der Eindringling, vor sich hin zu murmeln. »Was tue ich hier eigentlich? Was tue ich hier!?« Und Peter erkannte, dass es nicht Osiris war.

Er rollte unter dem Bett hervor.

»Vandaan! Was tun Sie denn hier!?«

Vandaan fiel fast in Ohnmacht vor Schreck. »Peter! Was … was hast du hier zu suchen!?«

»Ich habe zuerst gefragt. Wie sind Sie hier überhaupt reingekommen!?«

»Die … die Tür ließ sich einfach so öffnen. Ich habe draußen gehorcht, ich dachte, es wäre niemand da. Ich will Osiris überwachen.«
»Ihn überwachen!?«
»Ja.« Vandaan erholte sich langsam von seinem Schock. »Justus hat gesagt, ich solle mich mehr trauen. Und er hat recht. Also habe ich die Dinge selbst in die Hand genommen. Ich will Osiris überführen.«
»Aber *ich* überwache Osiris bereits. Es wäre besser, wenn –«
Er verstummte, denn wieder hörte er Schritte auf dem Flur. Und zwei Leute, die miteinander redeten.
Einer von ihnen war Osiris.
»Schnell!«, zischte Peter. »Unter das Bett!«
Vandaan wurde bleich. »Aber –«
»Sofort!!« Er zog Vandaan auf den Boden und schob ihn unter das Bett, bevor er selbst hinterherkrabbelte. Er sah direkt in Vandaans angstgeweitete Augen und legte warnend den Zeigefinger an die Lippen. Vandaan nickte stumm.
Dann öffnete sich die Tür.
Diesmal sah Peter nichts, da er mit dem Rücken zum Eingang lag, und er wagte nicht mehr, sich umzudrehen.
Aber er konnte alles hören.
»Diese blöde Tür. Ich muss sie dringend richten. Manchmal schließt sie nicht.« Das war Osiris. Er betrat zusammen mit jemand anderem die Wohnung und öffnete den Kühlschrank. »Ich wusste doch, dass ich noch ein paar Bier dahabe. Hier, bitte.«
»Danke«, sagte sein Begleiter. »Wollen wir nicht gleich wieder raus in den Park gehen?«

Osiris seufzte. »Da sind nachmittags immer diese ganzen Hippies mit ihren Trommeln. Die gehen mir auf die Nerven.«

»Aber wieso denn, das ist doch genau deine Zielgruppe!«

»Ja. Aber ich betrachte das als meine Arbeit. Jetzt gerade habe ich frei und würde es sehr begrüßen, diese Leute nicht um mich zu haben.«

»Oder hast du Angst, erkannt zu werden? Die würden sich ja wahrscheinlich ganz schön wundern, wenn sie dich im Park in Trainingshosen sehen anstatt in Wallewalle-Klamotten.«

»Glaub mir, die würden mich nicht erkennen. Die nehmen Leute, die keine Batikwesten und Ketten aus Holzperlen tragen, gar nicht wahr. Davon abgesehen denke ich nicht, dass ich einen von den Trommlern kenne. Du ahnst nicht, wie viele von diesen kristallpendelnden Esoterik-Spinnern es gibt. Los Angeles ist voll davon!«

»Deshalb wirst du ja auch nie erwischt«, amüsierte sich der andere.

»Genau. Und selbst wenn mich mal jemand durchschaut und andere vor mir warnt – dann ziehe ich halt weiter und denke mir einen neuen Namen aus. Meditationsseminare und Klangschalen-Workshops gibt es hier wie Sand am Meer. Und bedürftige Spinner, denen ich ein bisschen Lebenshilfe verkaufen kann, ebenfalls.«

»Wie heißt du denn gerade?«

»Osiris.«

Der Freund lachte laut auf. »Und wo treibst du dich im Moment herum?«

»Ich war ein paarmal im Shakti-Center in Santa Monica.«

»Was war es diesmal? Rückführungen in ein früheres Leben?«

»Heilmeditation«, sagte Osiris.
»Und? Schon jemanden an der Angel?«
»Ja. So eine durchgeknallte Irre, die Hilfe bei der Dämonenaustreibung braucht. Sie glaubt ernsthaft, ihre Puppe sei von einem Geist besessen!«
»Oh, mal ganz was Neues. Und wie viel verlangst du für deine Dienste?«
»Bislang noch gar nichts. Das würde nur Misstrauen wecken. Aber irgendwann werde ich ihr klarmachen, dass ich von nun an nicht mehr umsonst tätig werden kann.«
»Hat sie denn Geld?«
»Ich dachte, sie hätte. Aber anscheinend gibt sie ihre ganze Kohle für Hollywood-Sammlerkram aus. Egal, nehme ich auch, denn ich glaube, das Zeug kann ganz schön was wert sein.«
»Wenn sie sich davon trennt.«
»Früher oder später wird sie das. Ich muss sie nur davon überzeugen, dass die Geister sie ohne meine Hilfe niemals verlassen werden. Glaub mir, das mache ich mit links.« Osiris lachte boshaft.
»Es ist warm in deiner Bude. Sollen wir nicht doch in den Park? Ich höre nämlich gar keine Trommeln.«
Osiris seufzte. »Na schön. Dir zuliebe. Gehen wir runter.«
Die beiden verließen die Wohnung. Osiris schloss von außen ab und kontrollierte zwei Mal, ob die Tür auch wirklich zu war, bevor sich die beiden entfernten.

Das Haus am Ende der Straße

Bryan Bonfanti wohnte in einem kleinen Haus am Ende einer Sackgasse in einer ruhigen Wohngegend von Pacific Palisades. Es lag etwas abseits der anderen Grundstücke. Die Farbe blätterte von der Fassade und der Garten war verwildert. Vor der Garage stand ein alter Mercedes, dessen fleckige Heckstoßstange leicht schief hing.
Bob trat durch ein modriges hölzernes Gartentor und klopfte an die Tür. Wenig später öffnete ihm ein Mann in den Fünfzigern. Er trug kurze Hosen und ein Flanellhemd mit hochgekrempelten Ärmeln. Er hatte schwarzes, von Grau durchzogenes Haar und wache Augen, mit denen er Bob musterte. »Ja, bitte?«
»Guten Tag, Sir, mein Name ist Bob Andrews. Sind Sie Bryan Bonfanti?«
Der Mann nickte wortlos.
»Wenn Sie kurz Zeit hätten, würde ich gern mit Ihnen sprechen. Es geht um Frank Corman und Mr Giggles.« Da Bryan Bonfanti nicht gleich antwortete, fügte er noch hinzu: »Es ist für ein Schulprojekt.«
»Für ein Schulprojekt«, wiederholte Mr Bonfanti tonlos und verunsicherte Bob durch seinen unergründlichen Blick.
»Ja, genau«, fuhr Bob irritiert fort. »Ich war schon bei der Agentur ›Stars and Stiles‹, die Mr Corman vertreten hat. Und dort erfuhr ich, dass Frank Corman seine Puppe Ihnen vererbt hat. Das … äh … stimmt doch, oder?«
Bryan Bonfanti sah ihn ausdruckslos an und schwieg so lan-

ge, dass Bob nervös wurde. Er wollte seine Frage gerade wiederholen, da sagte Bryan: »Ja.«
»Aha. Äh … Haben Sie sich denn nicht sehr gewundert, dass Frank Corman ausgerechnet Ihnen die Puppe vermacht hat?«
Bryans Augen verengten sich leicht. »Ja.«
»Und … und haben Sie trotzdem eine Erklärung dafür?«
Zunächst schien es, als würde Bryan Bonfanti gar nicht mehr antworten, doch dann trat er einen halben Schritt aus der Tür heraus und blickte auf Bob, der ein gutes Stück kleiner war, herunter. Seine Stimme war zu einem rauen Flüstern gesenkt. »In den falschen Händen ist die Puppe gefährlich. Sehr gefährlich. Sie kann sogar Leute umbringen. Das hat Frank mir erzählt. Mit Mr Giggles ist nicht zu spaßen. Er ist jemand, der die Wahrheit liebt. Lügen erwecken finstere Mächte in ihm. *Deshalb* hat Frank ihn mir vererbt. Hast du verstanden, was ich gesagt habe?«
Bob schluckte und nickte schnell.
»Gut«, sagte Bryan, trat zurück hinter die Schwelle und warf dem dritten Detektiv die Tür vor der Nase zu.
Verdattert blinzelte Bob einige Male, bevor er zutiefst verwirrt den Rückzug antrat. Was war denn das gewesen!? Der dritte Detektiv verstand die Welt nicht mehr. Er kehrte zurück zu seinem etwas abseits geparkten Wagen, zückte sein Handy und wählte Justus' Nummer.
»Hi, Bob, was gibt's Neues?«
»Just, ich bin irritiert.« Bob berichtete dem Ersten Detektiv von seinem erfolgreichen Gespräch mit Trixie Stiles und dem erheblich weniger erfolgreichen mit Bryan Bonfanti.

»Ich weiß nicht, was da los war. Aber ich schätze, er hat mir die Geschichte mit dem Schulprojekt keine Sekunde geglaubt. Und deshalb war er so abweisend zu mir und hat diese ganzen komischen Sachen gesagt. Was soll ich denn jetzt tun?«

»Hm«, murmelte Justus. »Ich vertrete normalerweise die Ansicht, dass man bei Ermittlungen seinen Gesprächspartnern gegenüber nicht unbedingt mehr als nötig preisgeben sollte. Aber es gibt Ausnahmen. In diesem Fall würde ich noch mal zurückgehen und versuchen, die Sache zu klären. Sag ihm, dass wir Detektive sind und im Fall einer spukenden Puppe ermitteln. Er scheint ja irgendetwas zu wissen.«

»Okay, dann mache ich das. Wenn er mir ein zweites Mal die Tür vor der Nase zuschlägt, bin ich in zwanzig Minuten wieder in Rocky Beach. Wenn es gut läuft, dauert es natürlich ein halbes Stündchen länger. Bis später!«

Bob legte auf, machte kehrt und ging zurück zum Haus am Ende der Straße. Vor der Haustür straffte er die Schultern, dann klopfte er erneut.

Niemand öffnete.

Bob probierte es noch einmal. »Mr Bonfanti?«, rief er. »Hören Sie, wir haben uns vielleicht auf dem falschen Fuß erwischt. Ich würde gern mit Ihnen reden. Ich habe nicht die Wahrheit gesagt, aber ich kann Ihnen alles erklären.«

Keine Antwort.

Es war sicherlich Mr Bonfantis gutes Recht, nicht mit Bob sprechen zu wollen. Ihn einfach vor der Tür stehen zu lassen, fand Bob allerdings sehr unhöflich.

Vorsichtig drehte er den Türknauf, aber die Tür war ver-

schlossen. Er überlegte, um das Haus herumzugehen und nach einem Hintereingang zu suchen. Es war allerdings fraglich, ob er damit Bonfantis Sympathien gewann.
Andererseits – vielleicht war er ja wirklich hinter dem Haus und hörte das Klopfen nicht.
Bob wandte sich von der Tür ab und ging zu dem schmalen Pfad, der zwischen Garage und Hauswand zur Rückseite des Hauses führte.
Er war gerade auf Höhe des vor der Garage geparkten Mercedes, als er stutzte und sich dem Wagen näherte. Er sah sich die Vorderseite an. Die Scheinwerfer hatten eine altmodische und ziemlich eckige Form.
Bob war halb alarmiert. Er wusste nicht, ob es der Wagen war, der sie am Abend zuvor verfolgt hatte. Er wusste ja nicht einmal, ob sie *wirklich* verfolgt worden waren. Aber auf jeden Fall mahnte er sich zur Vorsicht, als er seinen Weg fortsetzte.
Der Pfad am Haus vorbei war halb von hohem Gras überwuchert. Bob hatte es noch nicht ganz bis zur Rückseite geschafft, da hörte er plötzlich in der Nähe eine Stimme.
»Hallo, hier ist wieder Mr Giggles!«
Der dritte Detektiv verharrte mitten in der Bewegung und lauschte.
»Frank, du hast da einen dicken Pickel auf der Nase. Der sieht echt schlimm aus, der Pickel. Was hast du getan? Drauf rumgedrückt? Sag es mir!«
Die Stimme schien aus dem Boden zu kommen! Da entdeckte Bob ein Kellerfenster zu seinen Füßen. Es war vergittert und nur zwei Handbreit hoch und außerdem so von

Gras überwuchert, dass man es kaum sah. Bob ging in die Hocke, drückte das Gras vorsichtig hinunter und spähte durch das Gitter in den Kellerraum. Ein großer Computerbildschirm tauchte ihn in kaltes Licht. Bryan hatte dort unten offenbar sein Arbeitszimmer eingerichtet. Zwei weitere Bildschirme standen auf zwei großen Schreibtischen an der Wand, darunter mehrere Rechner. Überall wanden sich Kabel. Nur einer der Bildschirme war eingeschaltet. Und darauf lief die ›Frank and Giggles Show‹. »Du sagst jetzt sofort in die Kamera, dass ich der beste Showmaster aller Zeiten bin, Frank! Sonst lasse ich dich nicht weg!«

Doch Bob hatte keine Augen für das flackernde Videobild. Er starrte gebannt auf den einzigen Zuschauer, der vom Fenster leicht abgewandt auf einem Stuhl saß und das Programm aufmerksam verfolgte.

Es war Mr Giggles.

Er bewegte den Mund, als würde er die Dialoge der Show mitsprechen. Und die Hände bewegte er auch. Aber niemand stand bei ihm. Die Puppe bewegte sich von ganz allein. Sie war lebendig. Und drehte langsam den Kopf in seine Richtung!

Bob zuckte zurück und drückte sich an die Hauswand. Sein Herz raste. Hatte Mr Giggles ihn gesehen?

Im gleichen Augenblick hätte Bob beinahe gelacht. Er fragte sich allen Ernstes, ob eine Bauchrednerpuppe ihn *gesehen* hatte!? Er wusste doch, dass das unmöglich war! Andererseits war hier vieles unmöglich und geschah trotzdem. Beispielsweise hätte die Puppe bei Patricia Osborne sein müssen. Wieso war sie hier?

Bob musste etwas unternehmen. Er musste dieses Rätsel lösen. Und zwar jetzt. Wenn er erst Justus und Peter anrief und darauf wartete, dass sie ihn unterstützten, war der Spuk womöglich vorbei.
»Nur Mut, Bob«, flüsterte der dritte Detektiv und rappelte sich auf. Leise ging er weiter hinter das Haus. Dort gab es eine Tür. Mit angehaltenem Atem versuchte Bob sie zu öffnen. Sie war unverschlossen.
So leise wie möglich betrat der dritte Detektiv das Haus. Drinnen war es ziemlich unaufgeräumt, doch Bob achtete nicht darauf. Bald hatte er die Tür zum Keller gefunden. Sie stand offen. Die stockfinstere Treppe gähnte ihm entgegen. Von unten drang das Wispern des Fernsehers herauf.
Der dritte Detektiv betrat die erste hölzerne Stufe und betete, dass sie nicht knarrte. Er schlich nach unten.
Im Keller war es kühl. Es roch leicht muffig. An den Wänden standen spinnwebverhangene Regale voller Konserven, Flaschen und Einmachgläser. Am Ende des breiten Flurs gab es eine Tür. Sie war angelehnt. Das Flackern des Bildschirms drang durch den Spalt. Bob sah hindurch. Er konnte direkt auf den Monitor blicken. Mr Giggles saß mit dem Rücken zu ihm und rührte sich nicht. Gerade begann eine neue Folge mit dem vertrauten Vorspann. Frank und Giggles kamen ins Bild. Und in dieser Sekunde drehte die Puppe vor dem Fernseher den Kopf herum, weiter, als ein Mensch es könnte, und sah Bob, den ein eisiger Schauer durchfuhr, direkt in die Augen.
Die Puppe im Fernseher und die Puppe auf dem Stuhl sagten gleichzeitig: »Hallo, hier ist wieder Mr Giggles!«

Hundert Punkte für Peter

»Und dann?«, fragte Justus. »Wie habt ihr euch befreit, nachdem Osiris abgeschlossen hatte?«

Peter war vor fünf Minuten in die Zentrale zurückgekehrt und hatte aufgeregt von seinen Erlebnissen in Pacific Palisades berichtet.

»Na, mit meinen Dietrichen natürlich«, erklärte Peter. »Ich konnte sogar wieder abschließen. Er wird keinen Verdacht schöpfen.«

Justus schüttelte den Kopf. »Dieser Vandaan hätte dich fast auffliegen lassen.«

»Allerdings. Aber ich muss ihm lassen, dass er ganz schön mutig war. Hätte ich ihm nicht zugetraut. Für seine Patricia tut er wohl alles.«

»Ich hoffe, du hast ihm klargemacht, dass er solche Alleingänge in Zukunft besser bleiben lässt.«

Peter nickte. »Das habe ich. Ich habe ihm außerdem versprochen, dass wir den Fall lösen werden. Das werden wir doch, oder?«

»Da bin ich sehr zuversichtlich. Immerhin wissen wir schon mal, dass Osiris ein Scharlatan ist und kein Schamane.«

»Ein Schamanenscharlatan!«

»Seine genauen Pläne kennen wir noch nicht. Allerdings steckt er wohl nicht hinter dem Spuk.«

»Nein«, bestätigte Peter. »Er hält Tante Patricia für eine Verrückte.«

»So aufschlussreich deine Ermittlungen waren, Zweiter, es

läuft trotzdem darauf hinaus, dass wir Patricia Osborne dringend einen weiteren Besuch abstatten müssen. Ich will wissen, warum sie uns nichts über die Vollmondnacht gesagt hat. Aber warten wir noch, bis Bob kommt. Vielleicht bringt sein Besuch bei Bryan Bonfanti noch mal ganz neue Erkenntnisse.«

Aber Bob kam nicht. Justus rief ihn an, doch es meldete sich nur die Mailbox.

Gelangweilt wandte sich Peter dem Computerbildschirm zu und klickte sich halb aus Interesse, halb aus Langeweile im Internet durch die endlosen Videos der ›Frank and Giggles Show‹. Solange sie auf Bob warteten, war das Anschauen alter Folgen wahrscheinlich der unterhaltsamste und gleichzeitig sinnvollste Zeitvertreib.

Nach fünf Sketchen fand Peter die Show jedoch etwas ermüdend und beschloss, es mit dem sechsten Video bewenden zu lassen. Darin tauschten Bauchredner und Puppe die Rollen und taten so, als wären sie der jeweils andere. Frank Corman hatte sich dicke Augenbrauen aufgemalt und die Haare streng nach hinten gekämmt, außerdem riss er die Augen auf, um Mr Giggles starren Puppenblick zu imitieren. Mr Giggles wiederum trug eine Frisur, die an Franks erinnerte. Beide blickten grinsend in die Kamera und sagten nichts. Dann stieß Frank der Puppe leicht in die Seite. »Hey, Frank«, flüsterte Frank. »Dein Einsatz!«

»Was? Oh, äh, ja!« Mr Giggles straffte seinen Körper. »Herzlich willkommen zur ›Frank and Giggles Show‹! Heute wieder mit mir! Also mit Frank! Also mit mir, Frank Corman! Und meinem ziemlich hölzernen Partner Mr Giggles!«

Das Publikum lachte und applaudierte und Mr Giggles beugte sich verschwörerisch vor und raunte den Zuschauern hinter vorgehaltener Hand zu: »Ich sehe nämlich nur aus wie Mr Giggles. In Wirklichkeit bin ich Frank.« Er zwinkerte in die Kamera.

Peter runzelte die Stirn und steuerte ein paar Sekunden zurück. Das kam ihm doch bekannt vor!? Er sah sich die Stelle noch zwei Mal an, dann öffnete er Vandaans Video.

»Hallo, hier ist wieder Mr Giggles! Aber das stimmt gar nicht. Ich sehe nämlich nur aus wie Mr Giggles. In Wirklichkeit bin ich Frank.« Das war am Ende nicht nur der gleiche Wortlaut, sondern die beiden letzten Sätze *klangen* auch exakt genauso wie die Szene, die er gerade im Internet angesehen hatte!

»Just!«, rief Peter aufgeregt.

»Ich hab's gehört«, sagte Justus, der vom Sofa aus mit halber Aufmerksamkeit mitgeschaut hatte. Nun war er voll da.

»Sie sagen in beiden Videos genau dasselbe!«, verkündete Peter. »In genau demselben Tonfall!« Er grinste. »Sollte ich tatsächlich gerade ein Rätsel gelöst haben?«

»Es sieht ganz so aus, Zweiter!«

»Jemand hat die Botschaft an Tante Patricia aus Teilen alter Shows zusammengeschnitten! Wenn wir alle Folgen durchsuchen, würden wir wahrscheinlich auch die anderen Sätze irgendwo finden. Die Stimme muss also von einem Band oder so gekommen sein.« Peter wurde nachdenklich. »Allerdings beantwortet das eine entscheidende Frage immer noch nicht.«

»Wie konnte sich Mr Giggles von allein bewegen?«

»Genau. Allerdings … Warte mal … Ich glaube, ich habe vorhin etwas gesehen …« Peter drehte sich wieder zum Computer und begann, auf der Seite des Videoportals nach unten zu scrollen.
»Was denn?«, fragte Justus.
»Ich hatte mir nichts dabei gedacht …« Peter scrollte weiter. »Jetzt aber … könnte es wichtig sein.«
»Du sprichst in Rätseln, Zweiter.«
»*Du* sprichst seit dem Tag deiner Geburt in Rätseln, Erster. Nun weißt du mal, wie das ist. Also: Ich habe ein Vorschaubild gesehen, das anders war als die anderen. Ich hoffe, ich finde es wieder. Warte, da ist es!«
»Frank Corman und Mr Giggles, wie üblich«, sagte Justus.
»Ja, nur dass Giggles nicht auf Franks Oberschenkel oder auf einem Stuhl direkt neben ihm sitzt«, bemerkte Peter. »Sondern zwei Meter von ihm entfernt. Der Titel des Videos lautet: *The Frank and Giggles Show – Weihnachtsspecial.*«
Peter startete das Video. Es begann mit dem üblichen Vorspann, über den diesmal allerdings Schneeflocken rieselten. Außerdem trugen Frank und Mr Giggles Weihnachtsmannmützen. Auch das Studio war weihnachtlich dekoriert. Die Episode war als Sonderfolge ausgestrahlt worden, sie hatte mehrere Gaststars und war doppelt so lang, wie Peter und Justus der Videobeschreibung entnahmen.
Zunächst war alles wie gehabt.
Doch als Frank und Mr Giggles darüber scherzten, dass sie immer ziemlich aufeinanderhocken würden, trat Frank ein paar Schritte beiseite und Mr Giggles agierte sehr zur Begeisterung des Studiopublikums auch ohne seinen Puppenspie-

ler weiter. Er bewegte Augen, Mund und Hände ganz so, als würde Frank ihn immer noch spielen.

»Das ist ja ein Ding! Mr Giggles *kann* sich also von allein bewegen!«

»Das ist natürlich ein Trick, Peter.«

»Das ist mir klar, Just«, gab Peter genervt zurück. »Ich bin ja nicht blöd.«

»Wir finden bestimmt schnell heraus, was es mit diesem lebendigen Mr Giggles auf sich hat!« Ungeduldig schob Justus den Zweiten Detektiv auf dem Bürostuhl beiseite, um selbst das Kommando am Computer zu übernehmen. Er rief eine Suchmaschine auf. Innerhalb kurzer Zeit hatte er die Antwort gefunden. »Hier steht es! ›Das Weihnachtsspecial hielt einige Überraschungen bereit. Unter anderem sah man zum ersten Mal Mr Giggles in Aktion, ohne dass Frank ihn spielte. Für diesen verblüffenden Trick ließ der Sender CBC extra eine mechanische Puppe bauen, die von einem Puppenspieler hinter den Kulissen ferngesteuert wurde. Obwohl das Publikum begeistert war, wurde der mechanische Mr Giggles nie wieder in der Show eingesetzt, weil Frank Corman der Meinung war, seine Kunst bestehe nicht nur im Bauchreden, sondern auch im Spielen der Puppe selbst. Die mechanische Puppe, in Fankreisen auch Robo-Giggles genannt, sah dem echten Giggles übrigens nur beinahe zum Verwechseln ähnlich. Während der echte Giggles grüne Augen hat, hat Robo-Giggles blaue. CBC sah sich nicht genötigt, diesen kleinen Schönheitsfehler zu korrigieren, da der Fernsehzuschauer ihn wegen der Ausstrahlung in Schwarz-Weiß ohnehin nicht bemerken konnte.‹«

»Blaue Augen!«, rief Peter. »Also doch!«
Justus runzelte die Stirn. »Aber Tante Patricias Puppe hat grüne Augen, darüber haben wir doch schon gesprochen.«
»Und mir kam das komisch vor, richtig. Weißt du auch, warum?« Peter öffnete das Video aus der Vollmondnacht und wählte die Stelle, an der Mr Giggles ins Bild kam. »Ha!«, rief er und zeigte auf den Puppenkopf. »Blaue Augen!«
Justus trat näher an den Bildschirm heran. »Im Mondlicht ist das aber sehr schwer zu erkennen.«
»Red dich nicht raus, Just. Er hat blaue Augen, das sieht man ganz deutlich. Du kannst es nur nicht ertragen, dass dir das nicht aufgefallen ist. Das da ist Robo-Giggles! Und deshalb konnte er sich auch von allein bewegen.«
»Tante Patricia besitzt also die echte Puppe. Und das da ist die falsche.«
Peter war begeistert. »Wieder ein Rätsel gelöst! Das gibt mindestens hundert Bonuspunkte auf mein Detektivkonto!«
»Seit wann haben wir Detektivkonten?«
»Seit gerade eben.«
»Na schön. Hundert Punkte. Und wir haben endlich eine heiße Spur! Wir müssen nur herausfinden, wem der Robo-Giggles gehört, dann wissen wir, wer hinter der Sache steckt. Wie hieß es in dem Artikel? Der Sender CBC kam auf die Idee mit Robo-Giggles. Dann müssten die doch auch wissen, wo sich die mechanische Puppe heute befindet.« Sofort machte Justus sich daran, die Telefonnummer von CBC herauszusuchen. Während er in der Warteschleife steckte, sah er auf die Uhr. »Hoffentlich erreiche ich noch jemanden. Die Bürozeiten sind eigentlich vorbei.«

Doch er hatte Glück. Als jemand abnahm, sprach Justus ein bisschen tiefer, um erwachsener zu klingen. »Guten Tag, mein Name ist Justus Jonas. Ich arbeite für Boston TV. Wir planen einen Fernsehbeitrag über Frank Corman. Im Zuge der Recherchen habe ich herausgefunden, dass Sie im Besitz der mechanischen Puppe sind, die auch als Robo-Giggles bekannt ist. Diese Puppe würde uns einige tolle Bilder liefern. Können Sie mir da weiterhelfen?«
Die Dame am anderen Ende konnte es nicht, verband Justus aber weiter. Schließlich hatte der Erste Detektiv jemanden an der Strippe, der ihm Auskunft geben konnte.
»Das tut mir leid, Mr Jonas, aber da sind Sie leider nicht mehr an der richtigen Adresse«, erklärte ihm ein junger Mitarbeiter. »Robo-Giggles wohnt sozusagen nicht mehr bei uns.«
»Nein? Ach. Wo befindet er sich denn?«
»Er ist zurzeit wieder in Privatbesitz. Möglicherweise auch für länger, das kann ich Ihnen leider nicht sagen.«
»In Privatbesitz? Aber ich dachte, er gehört dem Sender. Wer hat ihn denn?«
»Nun, der Name des Besitzers wird Ihnen nichts sagen.«
»Womöglich nicht«, gab Justus ihm recht, »aber es wäre wirklich großartig für mich, wenn ich ihn aufsuchen könnte, um ein paar Aufnahmen mit der Puppe zu bekommen.«
»Na schön. Der Mann heißt Bryan Bonfanti.«
»Oh«, sagte Justus. »Der Name sagt mir durchaus etwas. Er ist der Erbe von Mr Giggles. Also des *richtigen* Mr Giggles, soweit ich weiß.«
»Ach, dann sind Sie ja bestens informiert! Nun, Sie haben

recht, Mr Bonfanti sollte den echten Mr Giggles bekommen, aber … Wie soll ich sagen … Es ist eine etwas unglückliche Geschichte. Der echte Mr Giggles ist verschwunden.«

»Verschwunden?«

»Ja. Er ist gestohlen worden. Wir versuchen noch, der Sache auf den Grund zu kommen. Bis dahin haben wir Mr Bonfanti die mechanische Puppe gegeben. Sozusagen als Ersatz. Oder als Pfand. Wie auch immer.«

»Das ist … überaus aufschlussreich, Sir!«, sagte Justus und seine Augen weiteten sich, als er die ganze Tragweite dieser Information begriff. »Haben Sie zufällig Mr Bonfantis Adresse für mich?«

»Nein, tut mir leid. Nur eine Telefonnummer.«

Justus ließ sich die Nummer geben, dann bedankte er sich und legte auf. Er wandte sich an den Zweiten Detektiv. »Bryan Bonfanti steckt also hinter dem ganzen Spuk. Bob ist zu ihm gefahren, ohne das zu wissen. Und er ist noch nicht wieder da.«

»Verflixt.«

»Ich habe kein gutes Gefühl bei der Sache, Zweiter.« Beunruhigt rief Justus den dritten Detektiv ein weiteres Mal an, landete jedoch erneut auf der Mailbox. »Bob, wenn du das hier hörst – melde dich sofort und halte dich von Bryan fern!«

»Dafür ist es wahrscheinlich zu spät«, sagte Peter. »Wir fahren besser gleich hin.«

»Ich bin ganz deiner Meinung. Schau mal, ob du die Adresse herausfinden kannst.«

Sofort suchten sie im Internet, aber ihre Erwartung wurde

enttäuscht. Der Name Bryan Bonfanti tauchte nirgendwo in Verbindung mit einer Adresse in Kalifornien auf.

Ihre Sorge um Bob wuchs. Wieder griff der Erste Detektiv zum Telefon. Diesmal wählte er Bryan Bonfantis Nummer.

»Was willst du denn sagen!?«, raunte Peter.

»Ich erzähle ihm irgendein Märchen, damit er seine Adresse herausrückt.«

Aber Justus musste sich gar nichts ausdenken, denn niemand ging dran. Nach dem zwölften Klingeln legte er auf. »Zweiter, wir haben ein Problem.«

Mr Giggles hält die Klappe

»Hallo, hier ist wieder Mr Giggles! Komm mir bloß nicht zu nah!«

Bob glaubte, dass er träumte. Von einem riesigen Mr Giggles, der ihn angrinste und auslachte. Er hatte ganz lange Arme, die Bobs Hände auf dem Rücken festhielten. Und andauernd sagte er: »Hallo, hier ist wieder Mr Giggles! Komm mir bloß nicht zu nah!«

Bob dachte: Liebend gerne würde ich dir fernbleiben, aber das geht nicht, du hältst mich ja fest!

Und dann fiel ihm wieder ein, dass er bloß träumte. Woraufhin er sich fragte, ob es nicht sehr ungewöhnlich war, im Traum zu wissen, dass man träumte. Woraufhin er aufwachte und die Augen aufschlug.

Mr Giggles saß vor ihm, grinste ihn an und sagte: »Hallo, hier ist wieder Mr Giggles! Komm mir bloß nicht zu nah!«

Er träumte also immer noch. Nur dass es sich diesmal gar nicht so anfühlte. Und Mr Giggles hielt ihn auch nicht fest. Bewegen konnte Bob sich trotzdem nicht. Er sah an sich herunter und begriff, dass er an einen Stuhl gefesselt war, die Hände hinter der Lehne auf dem Rücken, die Fußknöchel an den Stuhlbeinen. Er befand sich noch immer in Bryan Bonfantis Keller. Vor ihm stand der Bildschirm, auf dem Mr Giggles in Schwarz-Weiß zu sehen war. »Hallo, hier ist wieder Mr Giggles«, sagte die Puppe. Es gab einen Schnitt und in einem anderen Showausschnitt sagte sie: »Komm mir bloß nicht zu nah!« Dann ging es wieder von vorne los.

Bob stöhnte und drehte den Kopf. Der Fernseher erhellte den Kellerraum, doch viel zu sehen gab es nicht. Die Puppe, die auf dem Stuhl gesessen hatte – die *lebendige* Puppe! –, war nicht mehr da. Die Kellertür in Bobs Rücken war geschlossen.

Der dritte Detektiv versuchte, sich zu erinnern, was geschehen war. Er hatte Mr Giggles vor dem Monitor entdeckt. Dann hatte die Puppe ihren Kopf gedreht und Bob angestarrt. Und Bob hatte, obwohl ihm das Herz in die Hose gesackt war, all seinen Mut zusammengenommen und den Kellerraum betreten. Und dann … hatte er einen Schlag auf den Kopf bekommen. Jemand musste hinter der Tür gestanden haben. Bob hatte den Angreifer nicht gesehen. Aber wer außer Bryan Bonfanti sollte es schon gewesen sein.

Er spürte Panik in sich aufsteigen. Was, wenn Bryan ein Irrer war? Wenn er ihn hier unten verhungern lassen würde – oder Schlimmeres? Was, wenn er sich nicht befreien konnte?

»Ruhig bleiben«, murmelte Bob. »Vor allem muss ich jetzt ruhig bleiben. Und dann versuchen, hier rauszukommen.«

»Hallo, hier ist wieder Mr Giggles«, antwortete der Fernseher. »Komm mir bloß nicht zu nah!«

»Und du hältst die Klappe«, sagte Bob wütend. Dann versuchte er, seine Hände zu bewegen. Doch die Fesseln saßen zu fest. Die an den Füßen ebenso. Aber der Stuhl wirkte nicht sehr stabil. Vielleicht konnte er ihn irgendwie zerbrechen. Bob begann, hin und her zu wackeln. Vor und zurück. Der Stuhl knarrte, doch mehr passierte nicht. Bob holte noch einmal mächtig Schwung, da kippte er nach links und landete mitsamt Stuhl auf der Seite.

»Aua!«, stöhnte Bob und versuchte, sich in eine bequeme Position zu bringen, aber das war unmöglich. Er atmete ein paarmal tief durch – und hatte eine Idee.
Die Stuhlbeine standen jetzt nicht mehr auf dem Boden. Er konnte also die Fußfesseln einfach nach unten über die Holzbeine abstreifen.
Es klappte! Bobs Beine waren frei. Der dritte Detektiv rollte sich auf die Knie und stand mit einigen Mühen auf. Die Stuhllehne drückte seinen Oberkörper nach vorn. Bob hob die gefesselten Arme nach hinten an und die Lehne rutschte seinen Rücken herunter. Polternd fiel der Stuhl zu Boden. Bob seufzte. Jetzt musste er nur noch seine Hände befreien.
»Hallo, hier ist wieder Mr Giggles.«
»Nicht mehr lange«, versprach Bob grimmig, ging in die Hocke und setzte sich auf den Hosenboden. Er war ziemlich gelenkig und es gelang ihm tatsächlich, die gefesselten Arme über die angewinkelten Beine nach vorn zu nehmen. Im Licht des Bildschirms betrachtete er den Knoten eingehend, dann machte er sich mit den Zähnen an die Arbeit. Der Knoten saß zwar fest, aber schließlich gab er nach und die Fesseln lösten sich. Erleichtert rieb Bob seine Handgelenke.
»Hallo, hier ist wieder Mr Giggles. Komm mir bloß nicht zu nah!«
»Keine Sorge«, sagte Bob, ging zu dem Computer, mit dem der Bildschirm verbunden war, und regelte die Lautstärke herunter. Den Bildschirm brauchte er noch als Lichtquelle. Das wenige Tageslicht, das durch das schmale, überwucherte Kellerfenster drang, reichte nicht, zumal die Sonne bereits unterging.

Der dritte Detektiv tastete nach seinem Handy. Aber seine Taschen waren leer. Bryan Bonfanti musste es ihm abgenommen haben. Er ging zur Tür. Sie war verschlossen. Bob sah sich um. Alles stand mit Computerkram voll. Aber würde er auch ein Werkzeug finden, mit dessen Hilfe er die Tür öffnen konnte?

Er hatte gerade beschlossen, erst einmal das Türschloss näher in Augenschein zu nehmen, als er ein Rascheln hörte. Es drang von draußen durch das winzige Kellerfenster. Schritte! War das Bonfanti?

Bob drückte sich an die Wand und starrte zum Fenster hinauf. Jemand ging daran vorbei. Dann noch jemand. Und noch jemand. Drei Personen.

Was sollte er tun? Alarm schlagen? Aber vielleicht war einer davon Bryan gewesen. Dann war es besser, sich hinter der Tür zu verstecken. Andererseits … war der Mann in Begleitung zweier anderer Personen hätte Bob keine Chance, ihn zu überwältigen.

Der dritte Detektiv ging zur Tür und presste sein Ohr an das Holz. Nach einiger Zeit hörte er Schritte im Haus und gedämpfte Stimmen. Und nach einer gefühlten Ewigkeit schließlich das Quietschen der Kellertür und ein halblautes Flüstern: »Alleine gehe ich da nicht runter, Just!«

Bob fiel ein zentnerschwerer Stein vom Herzen. Er hämmerte gegen die Tür und rief aus vollem Hals: »Peter! Ich bin hier unten!«

Sogleich polterten Schritte die Treppe herab und der Zweite Detektiv war auf der anderen Seite der Tür. Sie hielten sich nicht mit langen Erklärungen auf, Peter machte sich sofort

ans Werk. Bob hörte das Kratzen und Schaben im Türschloss und nach wenigen Sekunden hatte Peter das simple Schloss geknackt. Die Tür schwang auf.
»Bob! Was ist passiert!?«
»Wie habt ihr mich gefunden?«
»Zweitrangig«, sagte Justus, der nun hinter Peter ins graue Flackerlicht des Fernsehers trat. »Wer hat dich hier eingesperrt? Bryan Bonfanti?«
»Ich vermute es«, sagte Bob. »Hundertprozentig sicher bin ich nicht. Habt ihr ihn überwältigt?«
»Er ist gar nicht im Haus. Wir waren in jedem Raum, bevor wir uns dem Keller widmeten.«
»Steht sein Wagen in der Einfahrt?«
»Nein.«
Bob seufzte erleichtert. Zwar waren sie nun zu dritt, aber trotzdem war ihm viel wohler dabei, Bryan nicht in der Nähe zu wissen. Da fiel ihm ein, dass er nicht zwei, sondern drei Personen am Kellerfenster hatte vorbeigehen sehen. Doch bevor er danach fragen konnte, hörte er eine weibliche Stimme vom oberen Ende der Kellertreppe.
»Ist alles in Ordnung da unten mit euch?«
»Moment mal, ist das etwa …«
Bob ging zur Treppe und schaute hinauf. Im Gegenlicht zeichnete sich die Gestalt von Trixie Stiles ab.
»Mrs Stiles!«
»Bob! Um Himmels willen, warst du da unten wirklich gefangen? Das ist ja furchtbar!«
Auf der Kellertreppe stehend, brachten sich die drei ??? im Telegrammstil gegenseitig auf den neuesten Stand.

»Wir ahnten, dass du in Schwierigkeiten sein könntest«, sagte Justus, »hatten jedoch Mr Bonfantis Adresse nicht. Zum Glück wussten wir, dass du vorher bei ›Stars and Stiles‹ warst.«

»Justus rief bei mir an, als ich gerade Feierabend machen wollte«, fuhr Mrs Stiles fort. »Ich bekam mit, wie wichtig es deinen Freunden war, dich zu finden, und wurde misstrauisch.«

»Wir haben Mrs Stiles dann von dem Fall erzählt und dass wir eigentlich Detektive sind«, sagte Peter. »Sie bestand darauf, mit uns herzukommen.«

»Ich war jahrzehntelang Franks Vertraute und Managerin. Wenn jemand Mr Giggles dazu benutzt, schlimme Dinge anzurichten, geht mich das auch etwas an.«

»Wir trafen uns vor dem Haus und sahen dein Auto. Aber auf unser Klopfen reagierte niemand. Also sind wir nach hinten geschlichen und haben … äh … die Tür geöffnet.«

»Mit einem Dietrich«, fügte Trixie hinzu und hob missbilligend eine Augenbraue. »Ich bezweifle, dass das erlaubt war. So etwas dürfen ja nicht einmal Berufsdetektive.«

Peter räusperte sich verlegen.

»Wir können Ihnen gern detaillierte Einblicke in unsere Arbeitsweise gewähren, Trixie, aber jetzt ist dafür kein guter Zeitpunkt«, würgte Justus das Thema ab. »Da wir uns bereits Zutritt zu Mr Bonfantis Haus verschafft haben, sollten wir die Gelegenheit nutzen und so viel wie möglich herausfinden, bevor er zurückkommt. Am besten, ohne Spuren zu hinterlassen. Er muss nicht wissen, dass wir hier waren. Wir können es so aussehen lassen, als hätte Bob sich allein befreit und sofort die Flucht ergriffen. An die Arbeit, Kollegen. Ich gebe uns zehn Minuten, dann sollten wir verschwinden.«

Als Erstes sahen sie sich die Computer im Keller an. Zwei der Rechner waren ausgeschaltet. Als Justus versuchte, sie zu starten, scheiterte er an der Passworteingabe. Doch der dritte war in Betrieb, über den lief immer noch das Video. Sie untersuchten, was sich auf der Festplatte befand.

»Arbeitet ihr eigentlich mit der Polizei zusammen?«, fragte Trixie, die hinter ihnen stand und kritisch beobachtete, was die drei Detektive trieben.

»Na ja, schon … irgendwie«, antwortete Bob, obwohl das nur halb stimmte. Mit der Polizei arbeiteten sie in der Regel erst dann zusammen, wenn der Fall gelöst war und jemand festgenommen werden sollte. Aber das musste Trixie ja nicht so genau wissen. Sie hatte sowieso schon mehr mitbekommen, als gut war.

»Und warum ruft ihr dann nicht dort an und lasst Bryan Bonfanti verhaften? Er hat dich schließlich in diesen Keller gesperrt, Bob!«

»Wenn wir das täten, würden wir uns womöglich den Weg zur Lösung des Rätsels abschneiden«, versuchte Bob zu erklären, was nicht immer ganz leicht zu erklären war.

Glücklicherweise lenkte Justus das Gespräch in andere Bahnen. »Anscheinend ist Bryan beruflich Webdesigner oder so etwas Ähnliches«, murmelte er. »Er hat eine Menge Grafik- und Videoprogramme installiert. Am meisten interessiert mich allerdings das hier!« Er klickte auf eine Datei namens ›Giggles‹. Ein Film startete. Es war ein Zusammenschnitt aus verschiedenen ›Frank and Giggles Show‹-Videos.

»Das ist der genaue Wortlaut aus Vandaans Film!«, rief Peter. »Es war also wirklich Bryan! Das gibt noch mal fünfzig Punkte auf mein Detektivkonto.«
»Seit wann haben wir Detektivkonten?«
»Seit heute Nachmittag«, klärte Justus Bob auf und öffnete ein paar weitere Dateien, fand jedoch nichts mehr, was erkennbar mit ihrem Fall zu tun hatte.
Dann stieß er auf ein Kamerasymbol und klickte es an. Ein weiteres Videofenster öffnete sich. Es war in vier kleinere Bilder unterteilt. Alle vier Bilder zeigten ein und dasselbe Haus aus verschiedenen Blickwinkeln.
»Das sind Live-Bilder von *Spirit Grove*!«, rief Bob.
»Bryan muss heimlich Kameras angebracht haben«, sagte Justus. »Was bei den vielen Bäumen, die um das Gebäude herumstehen, wahrscheinlich nicht so schwierig war. Damit beobachtet er Tante Patricias Haus! Wer weiß, wie lange schon. So hat Bryan also seine Taten geplant! Den Spuk im nächtlichen Garten, das Umherwandern der Puppe und möglicherweise auch die Blutschrift an der Wand. Er wusste immer genau, wer gerade zu Hause war und was im und ums Haus vor sich ging.«
»Du hast wahrscheinlich recht, Just«, sagte Bob. »Von hier aus ist es nicht weit bis zum Tuna Canyon. Mit dem Auto schafft man die Strecke in zehn Minuten.«
»Damit hätten wir wieder ein Rätsel gelöst, Kollegen. Die entscheidende Frage bleibt jedoch unbeantwortet: Was bezweckt Bryan mit alldem? Worum geht es überhaupt?«
»Er will die Puppe«, sagte Peter. »Die richtige. Nicht Robo-Giggles.«

»Aber warum nimmt er sie sich dann nicht einfach?«, fragte Bob. »Er hätte doch schon dutzende Male Gelegenheit dazu gehabt. Außerdem *gehört* ihm Mr Giggles sogar. Er hat ihn geerbt – und dann an Tante Patricia versteigert!«
»Eben nicht«, korrigierte ihn Justus. »Der Mann bei CBC, mit dem ich telefoniert habe, sagte, die Puppe sei gestohlen worden. Tante Patricia sagt, sie habe sie ersteigert. Möglicherweise vom Dieb?« Justus sah auf die Uhr. »Aber wir sollten den Fall nicht hier und jetzt diskutieren. Durchsuchen wir schnell den Rest des Hauses und verschwinden dann!«
Der Erste Detektiv beendete die Programme und stellte auf dem Computer den alten Zustand wieder her. Dann verließen sie den Keller und teilten sich auf die verbleibenden Zimmer auf.
Die Sonne war inzwischen untergegangen und es herrschte nur noch dämmriges Licht, doch sie ließen die Lampen ausgeschaltet, um nicht auf sich aufmerksam zu machen.
Im Schlafzimmer und Badezimmer fanden Bob und Trixie nur schmutzige Wäsche.
In der Küche fand Justus nur schmutziges Geschirr.
Da rief Peter die anderen aufgeregt zu sich ins Wohnzimmer. Hier bewahrte Bryan Bonfanti diverse Aktenordner auf, die unordentlich in ein Regal gestopft worden waren. Ein paar lagen aufgeschlagen auf einem Tisch.
»Ich habe einfach ein bisschen gestöbert«, sagte Peter. »Fund Nummer eins: dein Handy!«
Bob wollte es entgegennehmen, doch Justus hielt ihn zurück. »Lass es hier.«

»Was? Aber das ist mein Handy!«
»Wenn du es mitnimmst, weiß Bryan, dass du hier herumgeschnüffelt hast. Du bekommst es zurück, sobald wir ihn überführt haben, Bob. Versprochen.«
»Na gut«, murrte der dritte Detektiv, obwohl ihm nicht wohl bei der Sache war.
»Fund Nummer zwei«, fuhr Peter fort. »Das hier!« Er reichte Justus ein paar Schriftstücke, die dieser sogleich überflog.
»Das ist die Testamentsabwicklung. Daraus geht hervor, dass Frank Corman nicht nur Mr Giggles an Bryan Bonfanti vererbt hat, sondern auch eine beträchtliche Geldsumme. Außerdem war dieser Brief dabei.« Das Stück Papier als Brief zu bezeichnen, war sehr wohlwollend. Jemand hatte in krakeliger, zittriger und schiefer Schrift mit blauer Tinte ein paar Worte zu Papier gebracht.

LIEBER BRYAN,

DU SOLLST ENDLICH DIE WAHRHEIT WISSEN.
DEIN VATER TRUG KEINE SCHULD AN DEM UNGLÜCK VON DAMALS.
ER WAR AUCH NUR EIN OPFER.
MR GIGGLES KENNT DIE WAHRHEIT. ER HAT DIE BEWEISE MIT SEINEN EIGENEN AUGEN GESEHEN. DESHALB SOLL ER DIR GEHÖREN.
IM RICHTIGEN LICHT BETRACHTET, WIRST DU VERSTEHEN.
VERZEIH MIR!
UND NIMM DICH IN ACHT VOR PATRICIA.

FRANK

Die drei Detektive sahen einander mit großen Augen an. Bob sprach aus, was alle dachten: »*Nimm dich in Acht vor Patricia*!? Kollegen, jetzt wird's interessant!«

Tante Patricia unter Druck

Die drei ??? waren tief in Grübeleien versunken, während sie durch den dunklen Tuna Canyon nach *Spirit Grove* radelten.

Vor einer halben Stunde hatten sie Bryan Bonfantis Haus verlassen und dabei sorgsam darauf geachtet, alle Spuren zu verwischen. Trixie Stiles wollte ihnen zunächst nicht von der Seite weichen und alles Mögliche über den Fall wissen, doch Bob gelang es schließlich, sie auf den nächsten Tag zu vertrösten. Er versprach, sich bei ihr zu melden.

In Rocky Beach waren sie auf die Fahrräder umgestiegen, da sie damit unauffälliger unterwegs waren und diese leichter am Straßenrand verstecken konnten als ein Auto.

»Ich verstehe das alles nicht«, brach Peter irgendwann das Schweigen. »Bryan Bonfanti sollte Mr Giggles erben. Doch die Puppe war verschwunden. Gestohlen. Meint ihr wirklich, Tante Patricia ist eine Diebin!?«

»Ich traue es ihr eigentlich nicht zu«, sagte Bob. »Aber in dem Brief steht klar und deutlich: *Nimm dich in Acht vor Patricia*!«

»Sie hat schon früher durchaus kriminelle Energie aufgewendet, um an ihre heiligen Hollywood-Sammlerstücke zu kommen«, erinnerte Justus.

»Ja, aber sie hat es zutiefst bereut«, hielt Peter dagegen.

»Auf jeden Fall muss es eine Verbindung zwischen Patricia Osborne und Frank Corman geben, von der wir nichts wissen«, fuhr Justus fort. »Ich wage die Behauptung, dass diese

Verbindung das entscheidende Puzzleteil ist, das uns noch fehlt.«
»Wie lautet also dein Plan?«, fragte Peter.
»Mein Plan ist denkbar simpel: Wir stellen Tante Patricia zur Rede.«
Als wäre das das Stichwort gewesen, tauchten die Lichter von *Spirit Grove* vor ihnen auf.
»Vorsicht jetzt«, mahnte Justus, griff über den Lenker nach vorn und schaltete das Fahrradlicht aus. »Wir sollten uns dem Haus nähern, ohne von Bryans Überwachungskameras erfasst zu werden.«
Auch Bob und Peter knipsten ihre Lampen aus und sie legten die letzten Meter im Dunkeln zurück. Anstatt bis zum Haus vorzufahren, versteckten sie ihre Räder etwas entfernt an der Straßenböschung und schlichen vorsichtig näher.
»Nur Tante Patricias Wagen steht vor dem Haus«, stellte Bob fest. »Sie scheint allein zu sein.«
»Vorsicht, Bob!«, flüsterte Peter und hielt den dritten Detektiv am Arm zurück. »Da oben ist eine Kamera!« Er zeigte auf eine Stelle im Geäst eines Baumes, wo sich das schwache Mondlicht gerade in einer Linse gespiegelt hatte.
»Gut beobachtet, Zweiter!«, sagte Justus. »Flüstern musst du trotzdem nicht. Diese Kameras haben keine Ohren.«
»Die Vordertür ist tabu«, sagte Bob. »Wir müssen uns durch die Büsche bis zur hinteren Veranda schlagen, um ungesehen zu bleiben.«
Die drei ??? bahnten sich einen Weg durch die Bäume, um außerhalb der Kamerawinkel zu bleiben. Schließlich hatten sie es geschafft und standen vor der Verandatür.

Justus klopfte.
Nach einer Weile öffnete Tante Patricia die Tür. »Nanu? Ihr seid es schon wieder? Also, ich muss schon sagen, ihr seid genauso hartnäckig wie die kleine Allie!«
»Dürfen wir reinkommen, Miss Osborne?«, fragte Justus.
Einen kurzen Moment lang sah es so aus, als wollte Tante Patricia sie abweisen, doch dazu war sie zum Glück zu höflich. »Na schön, kommt in die Küche.«
»Die Küche ist kein guter Ort«, sagte Justus. »Die ist nämlich kameraüberwacht.«
Sie blinzelte verwirrt. »Wie bitte?«
»Sie haben richtig gehört. *Spirit Grove* wird überwacht. Draußen sind vier Kameras versteckt. Eine davon ist auf das Küchenfenster gerichtet. Genau genommen ist das gesamte Untergeschoss nicht sicher.«
»Aber was redest du denn da! Das kann doch gar nicht sein!«
»Ich fürchte doch.«
»Aber wer sollte denn –«
»Wir werden Ihnen alles erklären. Können wir bitte nach oben gehen?«
»Ja. Ja, natürlich. Kommt mit rauf.«
Tante Patricia ließ die drei Detektive ins Haus und führte sie die Treppe hinauf. Dort öffnete sie die erste Tür links. Die Jungen erhaschten nur einen kurzen Blick auf die heillose Unordnung eines Schlafzimmers, bevor Tante Patricia sich anders entschied. »Nein, gehen wir besser nach nebenan.«
Sie blieb vor der Nachbartür stehen, zog einen Schlüssel aus der Tasche und schloss auf.
Sie betraten einen Raum, in dem ebenfalls Unordnung

herrschte, aber Unordnung einer ganz anderen Art. Das Zimmer war bevölkert mit Schaufensterpuppen in extravaganter Kleidung: Ballkleidern, Uniformen, Nachthemden und Pyjamas. Sie trugen Hüte mit Federn oder Wollmützen oder Perücken, mal passend zum Rest, mal nicht. Zwischen den Puppen standen Stühle, Sessel und mehrere Vitrinen, in denen Schmuck, Bücher, Handschuhe, Brieföffner und sogar Waffen ausgelegt waren. Aus der Nähe betrachtet konnte man jedoch leicht erkennen, dass Letztere nicht echt waren.
»Ihre Sammlung!«, sagte Peter, während er sich staunend umsah. »Wow, ist das wirklich der Hut von Indiana Jones?«
Tante Patricia nickte, schien jedoch nicht in Stimmung, ihnen mehr über die einzelnen Stücke zu erzählen. Sie wirkte sehr verunsichert. »Was meinst du damit, *Spirit Grove* wird überwacht, Justus? Das ist ja schrecklich! Wer tut denn so was? Und warum? Seit wann? Wieso hat keiner von uns das je bemerkt? Das ist doch nicht möglich!«
»Die Kameras sind gut versteckt.«
»Wir müssen sie sofort abmontieren und ausschalten!«, rief Tante Patricia und war schon halb aus dem Raum.
»Damit würden wir nur schlafende Hunde wecken. Später. Wir werden Ihnen alles erklären, Miss Osborne, doch zuvor haben wir einige Fragen an Sie.«
»Aber was wollt ihr denn noch von mir? Immer nur Fragen, ich habe euch doch schon alles gesagt.« Tante Patricia versuchte, genervt zu klingen, doch den drei Detektiven entging nicht, dass sie dabei nervös am Saum ihres bunten Gewands spielte.
»Wir würden zum Beispiel gern wissen, warum Sie uns nicht

erzählt haben, was in der vergangenen Vollmondnacht geschehen ist«, sagte Justus.
Tante Patricia zuckte sichtlich zusammen, bevor sie plötzlich ihre ganze Aufmerksamkeit dem Zurechtzupfen eines Ärmels an einer Schaufensterpuppe widmete. »In der vergangenen Vollmondnacht? Was meinst du? Was soll da passiert sein?«
»Könnte es sein, dass Sie Kräuter im Wald gesucht haben?«, half Peter ihr auf die Sprünge.
Sie lachte. »Ach so, das meint ihr! Ja, ja, das kann sein, das mache ich jeden Monat bei Vollmond. Und bei Neumond natürlich auch. Aber während Kräuter, die man bei Neumond sammelt, eine heilende Wirkung haben, ist es bei Vollmondkräutern eher so, dass –«
»Sie haben Ihre Kräuter gesucht und wurden dann von Mr Giggles zu Tode erschreckt, weil er mit Ihnen gesprochen hat«, unterbrach Justus sie scharf.
Patricia Osborne wurde kreidebleich. »Was … woher wisst ihr davon?«
»Wir sind Detektive. Wir haben es herausgefunden.«
»Warum haben Sie uns diese Geschichte nicht erzählt, Miss Osborne?«, bohrte Bob weiter.
Tante Patricias Blick wurde fiebrig.
»Wo genau haben Sie Mr Giggles eigentlich ersteigert?«, fragte Justus.
Sie war irritiert vom plötzlichen Themenwechsel. »Na … bei einer Auktion natürlich.«
»Für einen guten Zweck, nicht wahr?«
»Ja.«

»Um ein Waisenhaus zu unterstützen.«
»Richtig.«
»Oder war es eine Obdachlosenvereinigung?«
Tante Patricia zögerte kurz. »Nein. Ein Waisenhaus.«
Justus' Blick verfinsterte sich. »Sie haben uns gar nicht erzählt, was für ein guter Zweck angeblich unterstützt werden sollte.«
»Es war aber trotzdem ein Waisenhaus!«
»Welches?«
»Das weiß ich nicht mehr! Es war mir, ehrlich gesagt, auch egal. Es ging mir ja nur um Mr Giggles.«
»Wo fand die Auktion statt?«
»Ich … oh, da muss ich kurz nachdenken.«
»Sie wissen nicht mehr, wo Sie Mr Giggles ersteigert haben? Das ist gerade mal gut zwei Wochen her!«
»Ach, weißt du, in meinem Alter … Da vergisst man schnell etwas.«
»Unsinn«, sagte Justus.
»Just!«, raunte Peter und stieß ihm leicht in die Seite. Er fand, dass der Erste Detektiv zu hart mit Tante Patricia umsprang.
Doch Justus sah das nicht so. Patricia Osborne log ganz offensichtlich und hatte mit ihren Unwahrheiten unter anderem Bob in große Gefahr gebracht. Er hatte keine Lust mehr, sich weiter an der Nase herumführen zu lassen.
»Sie lügen«, sagte er mit zusammengekniffenen Augen. »Sie haben von Anfang an gelogen. Sie haben die Puppe gestohlen, nicht wahr?«
»Das habe ich nicht!«, rief Tante Patricia empört. Doch dann

verlor sie die Fassung und brach in hemmungsloses Schluchzen aus. »Das habe ich nicht!«, wimmerte sie. »Ich kann doch nichts dafür! Das habe ich nicht verdient! Ich bin doch nicht die Böse! Was soll ich denn nur tun?« Sie ließ sich in Marlon Brandos Sessel fallen, barg das Gesicht in den Händen und weinte.

Eine Unverschämtheit!

»Große Güte«, raunte Peter hilflos und reichte Tante Patricia ein Taschentuch. »Hier. Beruhigen Sie sich doch bitte.«
Es dauerte einige Minuten, bis Patricia Osborne sich so weit gefasst hatte, dass sie wieder sprechen konnte. Ihre Augen und ihre Nase waren gerötet, aber sie hatte aufgehört zu weinen und zu zittern. »Es tut mir leid. Ihr meint es ja nur gut mit mir. Und ich habe euch nicht die Wahrheit gesagt.«
»Dann tun Sie es jetzt«, bat Bob.
Sie nickte und blickte auf das Taschentuch in ihren Händen. »Ich habe Mr Giggles nicht gestohlen. Ich habe für ihn bezahlt. Zweitausenddreihundert Dollar. Meine ganzen Ersparnisse. Der Kerl hat mich regelrecht ausgenommen.«
Justus horchte auf. »Was für ein Kerl?«
»Der Kerl, der mir Mr Giggles verkauft hat.«
»Wer war denn das?«
»Er heißt Steve Johnson und arbeitet bei CBC. In den Fernsehstudios. Er ist der Sohn einer Bekannten. Wir kennen uns nicht gut. Aber nachdem ich aus der Zeitung erfahren hatte, dass Frank Corman gestorben war, rief ich ihn an und fragte, was nun mit Mr Giggles geschehen würde. Ob man ihn vielleicht versteigern werde. Er meinte, er könne sich das nicht vorstellen, wolle mir aber trotzdem helfen. Und dann stand er eines Tages vor meiner Tür, mit Mr Giggles im Arm. ›Für dreitausend Dollar kannst du ihn haben‹, hat er gesagt.« Kaum noch hörbar fügte sie hinzu: »Ich konnte ihn auf zweitausenddreihundert herunterhandeln.«

Justus räusperte sich vernehmlich. »Sie wussten, dass er die Puppe gestohlen hatte.«
»Aber nein! Woher denn!«
»Bitte, Miss Osborne. Sie konnten es sich zumindest denken.«
»Na ja … aber sicher *gewusst* habe ich es nicht!«
»Jetzt wundert es mich auch nicht mehr, dass Sie von unserem Angebot, in dem Fall zu ermitteln, nicht sehr begeistert waren.« Justus seufzte. »Na schön. Was war nun mit der Vollmondnacht? Was genau ist da geschehen?« Die drei Detektive wussten es zwar, doch es konnte nicht schaden, die Geschichte aus Tante Patricias Mund zu hören.
»Ich suchte Kräuter im Wald. Als ich in den Garten zurückkehrte, saß Mr Giggles plötzlich auf dem Stein und sprach zu mir. Er bewegte sich von ganz allein! Ich war zu Tode erschrocken! Er erklärte mir, dass er in Wirklichkeit Frank sei. Und dass er keine Ruhe geben würde, wenn ich nicht alles zugebe und die Wahrheit sage. Ich floh vor ihm ins Haus. In dieses Zimmer, weil ich mich hier einschließen konnte. Doch als ich mich umdrehte, da saß er genau auf diesem Sessel und grinste mich an.«
Peter lief ein Schauer über den Rücken, als er sich die Szene vorstellte. Er hätte von diesem Moment an wahrscheinlich vor Angst nicht mehr schlafen können. Dann fiel ihm ein, dass es Tante Patricia genau so ergangen war.
»Gesprochen hat er da aber nicht mehr«, mutmaßte Justus. »Und sich auch nicht mehr bewegt.«
»Nein. Da nicht mehr. Aber das musste er auch nicht, ich hatte die Botschaft verstanden: Franks Geist hatte von der

Puppe Besitz ergriffen und verlangte von mir, mich zu stellen. Obwohl das ja, wenn man es sich genau überlegt, eine Unverschämtheit ist.«

Peter musste ein Lachen unterdrücken. »Eine Unverschämtheit?«

»Aber ja! Überleg doch mal! Wieso hat Frank Cormans Geist es auf mich abgesehen und nicht auf Steve Johnson!? *Ich* habe die Puppe doch nicht gestohlen, sondern er! Ich habe sogar viel Geld für sie bezahlt! Trotzdem soll ich nun dafür büßen.« Inzwischen hatte sie von ihrem Taschentuch aufgesehen und ein trotziger Ausdruck war in ihre Augen getreten. »Das finde ich nicht fair.«

Die drei Detektive waren sprachlos.

»Ich habe allerdings inzwischen eine Theorie, warum Frank Cormans Geist mich heimsucht und nicht Steve Johnson«, fuhr Tante Patricia ungerührt fort. »Es liegt an Mr Giggles. Der Geist kann sich nur in der Puppe manifestieren, weil sie immer in Franks Nähe war. Und die Puppe ist nun mal bei mir. Das muss der Grund sein. Meint ihr nicht auch?«

Justus beschloss, darauf nicht zu antworten. »Sie haben es also, anstatt den Forderungen von Mr Giggles nachzugeben, lieber mit Geisterbeschwörung versucht.«

»Aber nein, doch nicht mit Beschwörung. Mit Schutzritualen. Ich habe Salzkreise gestreut und Kerzen aufgestellt und mich in Purpur gekleidet. Denn Purpur bietet Schutz, müsst ihr wissen.«

»Habe ich auch schon mal gehört«, murmelte Bob und verdrehte innerlich die Augen.

»Ich wollte Frank Cormans Geist vertreiben. Es kann ihm ja

ganz egal sein, wem Mr Giggles nun gehört. Er ist schließlich tot!«

»Aber es hat alles nichts genützt«, erinnerte Justus sie. »Mr Giggles spukte weiter. Jeden Tag wanderte er wie von Geisterhand durchs Haus. Ist Ihnen wirklich nie der Gedanke gekommen, dass der Spuk gar nicht echt sein könnte, sondern menschengemacht?«

Tante Patricia senkte wieder den Blick. Ihr plötzlich aufgeflammter Kampfgeist war verflogen. »Na ja, die Sache mit dem Umherwandern …« Ihre Stimme erstarb.

»Was ist damit?«, hakte Justus nach.

»Die entspricht nicht ganz der Wahrheit.«

Bob runzelte die Stirn. »Was sagen Sie da?«

»Mr Giggles ist nicht gewandert«, gestand sie tonlos. »Ich habe ihn selbst jeden Tag woanders hingesetzt. Damit Sunshine und Vandaan mir bei den Schutzzaubern helfen. Ich konnte ihnen ja nicht die Wahrheit über die Vollmondnacht sagen. Dann hätten sie erfahren, auf welche Weise … ich Mr Giggles erworben habe. Sie hätten mich zu überreden versucht, ihn zurückzugeben! Also habe ich … mir etwas ausgedacht. Damit sie mir glauben, dass die Puppe verflucht ist. Aber nicht wissen, warum.«

Peter lachte auf. Bob warf die Hände gen Himmel und fing an, auf und ab zu laufen. Justus starrte die Frau finster an. »Ist das Ihr Ernst?«

»Es war eine Notlüge!«, verteidigte sich Tante Patricia. »Ich brauchte mentale und spirituelle Unterstützung. So ein Schutzritual ist viel mächtiger, wenn man es zu viert durchführt, das ist eine heilige Zahl. Deshalb war ich auch so froh, dass wir Osiris kennenlernten. Ich dachte wirklich, nun würde alles gut werden.«

Justus schüttelte fassungslos den Kopf. »Was ist mit der Blutschrift? Waren Sie auch dafür verantwortlich?«

»Nein! Wie hätte ich das denn bewerkstelligen sollen? Die Blutschrift war die zweite echte Warnung von Frank Cormans Geist.«

Der Erste Detektiv seufzte tief. »Na schön, Miss Osborne. Einige Dinge sehe ich nun deutlich klarer. Aber ich muss Sie fragen, ob das nun wirklich alles war. Oder ob Sie uns noch mehr gestehen wollen.«

»Also wirklich, Justus! Wofür hältst du mich! Du tust ja so, als wäre ich eine Betrügerin oder Hochstaplerin oder so etwas. Aber Frank Cormans Geist ist der Böse, nicht ich! Er ist eine verirrte Seele, die sinnlose Rache nehmen will, anstatt die Schwelle zur nächsten Welt zu übertreten. Ich helfe ihm nur, den richtigen Weg zu finden.«

Wieder musste Justus seufzen, er konnte einfach nicht anders. »Sie wissen, dass wir daran nicht glauben.«

»Ja, das weiß ich. Es ändert aber nichts daran, dass es stimmt.«

»Miss Osborne, wir haben Beweise für das, was wirklich geschehen ist, und es hat nichts mit Frank Cormans Geist zu tun. Es war kein Geist, der Mr Giggles spuken ließ. Es war eine gänzlich andere Puppe, die in der Vollmondnacht im Garten saß und mit Ihnen gesprochen hat. Da Sie ein Fan der ›Frank and Giggles Show‹ sind, kennen Sie sie vielleicht sogar. In Ihrem Garten saß Robo-Giggles.«

Tante Patricia wurde blass. »Die mechanische Puppe? Aus dem Weihnachtsspecial?«

»Genau die«, bestätigte Peter. »Und das, was sie gesagt hat, war aus alten Showaufnahmen zusammengeschnitten.«
»Das kann doch nicht sein!«
»Doch. Robo-Giggles befand sich in den CBC-Studios. Er wurde weitergegeben an den Mann, dem eigentlich der echte Mr Giggles zusteht, weil Frank Corman ihm die Puppe vererbt hat. Dieser Mann überwacht seitdem *Spirit Grove* mit Kameras, vermutlich, um herauszufinden, wann er seine Spukauftritte inszenieren kann. Er steckt mutmaßlich auch hinter der Blutschrift.« Justus machte eine dramatische Pause und beobachtete Tante Patricia ganz genau, als er sagte: »Bryan Bonfanti.«
Doch Patricia Osborne blinzelte ihn nur verwirrt an, und diesmal glaubte Justus nicht, dass sie ihm etwas vormachte. »Bryan wer? Wer soll das sein?«

Hallo, hier ist wieder Mr Giggles!

»Bryan Bonfanti«, sagte nun Bob. »Der Sohn des Zirkusdirektors.«
»Was für ein Zirkusdirektor?«, fragte Tante Patricia. »Ich weiß überhaupt nicht, wovon ihr redet.«
»Aber Sie müssen ihn doch kennen«, war Peter überzeugt. »Er ist schließlich derjenige, der Sie in Angst und Schrecken versetzt hat.«
Doch sie sah die drei Detektive nur ratlos an. »Wer ist denn dieser Mensch? Warum tut er so etwas?«
Justus' Blick verdüsterte sich und er begann nachdenklich, seine Unterlippe zu kneten. »Wir hatten gehofft, dass Sie uns das sagen können. Wir wissen zwar, wer er ist. Aber bezüglich seiner Motive tappen wir gänzlich im Dunkeln. Es muss eine Verbindung zwischen Ihnen geben! Andernfalls –« Justus verstummte, da er Schritte auf der Treppe hörte.
»Das wird Vandaan sein«, vermutete Tante Patricia mit einem Blick auf die Uhr. »Er ist spät dran heute. Wartet kurz, ich sage ihm schnell, dass ihr hier seid, sonst fragt er sich noch, ob ich Selbstgespräche führe.«
Tante Patricia verließ den Raum und die drei ??? hatten Gelegenheit, sich zu beraten.
»Glaubt ihr, dass sie Bryan wirklich nicht kennt?«, fragte Bob.
»Vielleicht kennt sie ihn unter einem anderen Namen«, überlegte Peter. »Irgendeine gemeinsame Geschichte müssen die beiden doch haben. Sonst –«

Ein Schrei gellte durchs Haus.
»Das war Tante Patricia!«, rief Peter und stürzte sofort zur angelehnten Tür. Sie schlug zu, bevor er sie erreichte. Er hörte noch, wie von außen der Schlüssel herumgedreht wurde. Verzweifelt rüttelte er am Knauf, doch die Tür ließ sich nicht mehr öffnen.
»Miss Osborne! Machen Sie auf!«
Ein ersticktes Stöhnen drang durch die Tür, dann polterten Schritte die Treppe hinunter.
»Miss Osborne!! Antworten Sie!«
Die Schritte verhallten irgendwo im Haus, bis wieder Stille herrschte.
»Jemand hat sie überwältigt«, rief Justus.
»Bryan Bonfanti«, vermutete Bob. »Und wir sind selbst schuld. Er muss geglaubt haben, dass Tante Patricia allein ist. Wir haben ja dafür gesorgt, dass er uns auf seinen Überwachungskameras nicht sieht. Sonst hätte er sich vielleicht nicht hergetraut.«
Peter nickte. »Dann hat er uns hier sprechen gehört, ist die Treppe rauf, hat den Schlüssel in der Tür stecken gesehen und zack!«
»Das Fenster ist vergittert«, stellte Justus fest. »Weil Tante Patricia ihre Sammlung schützen will.«
»Wir brauchen kein Fenster«, sagte Peter. »Wir brauchen nur das hier.« Er zog sein Dietrichset aus der Tasche und machte sich sogleich an die Arbeit. »Verflixt, der Schlüssel steckt von der anderen Seite. Ich muss ihn erst rausschieben. Hat jemand ein Kaugummi?«
»Ah!«, sagte Bob, der sofort verstand, worauf Peter hinaus-

wollte. »Der gute alte Kaugummi-Trick! Ich glaube, ich habe noch eins!«
Er nestelte ein fast leeres Päckchen aus der Tasche. Peter steckte sich einen Streifen in den Mund und begann, wie wild zu kauen. Dann nahm er den klebrigen Klumpen heraus und steckte ihn an die Spitze eines passenden Dietrichs. Den schob er in das Schlüsselloch. Das Kaugummi blieb an der Spitze des steckenden Schlüssels kleben. Nun konnte er diesen drehen und aus dem Schlüsselloch schieben. Auf der anderen Seite fiel der Schlüssel klimpernd zu Boden und der Weg für Peters Dietrich war frei. Eine Minute später hatte der Zweite Detektiv die Tür geöffnet.
Leise eilten sie zur Treppe. Peter spähte durch ein schmales Dachfenster in den Garten. »Draußen brennt ein Feuer!«
»Geht leise hinunter!«, mahnte Justus. »Bryan muss nicht wissen, dass wir uns befreit haben.«
Sie schlichen ins Erdgeschoss und sahen vorsichtig durch die Scheiben der Verandatür nach draußen.
Dort, wo schon am Abend zuvor das Feuer gebrannt hatte, flackerten erneut Flammen. Daneben saß Tante Patricia auf einem Stuhl. Sie war gefesselt. Ihr Kopf war nach vorn gefallen, ihre Augen geschlossen, als wäre sie ohne Bewusstsein. Vor ihr auf dem großen Stein saß Mr Giggles.
»Sie ist ohnmächtig!«, sagte Peter erschrocken. »Wir müssen ihr helfen!«
»Nicht so schnell, Zweiter!«, hielt Justus ihn zurück. »Tante Patricia ist nicht in unmittelbarer Gefahr. Ich bin sicher, sie kommt bald wieder zu sich. Und ich möchte wissen, was dann geschieht.«

»Was dann geschieht!? Aber da sitzt Mr Giggles!«

»Der, wie wir alle wissen, lediglich eine Puppe ist und ihr nichts anhaben kann«, erinnerte Justus. »Achtung!«

Tante Patricia hob langsam den Kopf. Verwirrt blickte sie sich um und bemerkte dann, dass sie gefesselt war. Sie versuchte, sich zu befreien, doch das misslang.

»Hilfe!«, röchelte sie ängstlich. Dann schrie sie aus vollem Hals: »Hiiilfeee!«

»Wir müssen etwas tun, Just!«, sagte Bob entschieden. Er wusste nur zu gut, wie Tante Patricia sich gerade fühlte, schließlich hatte er selbst erst vor wenigen Stunden in einer ähnlichen Situation gesteckt. »Das geht so nicht, wir müssen sie befreien!«

»Nein«, widersprach Justus.

»Justus! Peter! Bob!«, rief Tante Patricia. »Helft mir!«

»Aber –«

»Sie tut mir auch leid, Bob, aber wir kommen der Überführung des Täters keinen Schritt näher, wenn wir jetzt dazwischenfunken. Wir müssen einen klaren Kopf bewahren. Wir warten!«

Bob fand die Situation unerträglich. Er hätte sich beinahe über Justus hinweggesetzt, doch da kam plötzlich Leben in Mr Giggles. Die Puppe breitete die Arme aus und drehte ihren Kopf in Tante Patricias Richtung. Sie hob die Augenbrauen, öffnete den Mund und rief: »Hallo, hier ist wieder Mr Giggles!«

Tante Patricia erstarrte und blickte ihn aus geweiteten Augen an. »Hallo Mr Giggles«, hauchte sie so leise, dass es über das Knistern des Feuers kaum zu verstehen war.

»Sagst du mir jetzt die Wahrheit?«, fragte die Puppe.
»Was für eine Wahrheit?«
»Was hast du getan? Sag es mir!«
»Ich weiß nicht, was du meinst. Ich will losgemacht werden. Bitte!«
»Was hast du getan?«, wiederholte Mr Giggles. »Sag es mir! Sonst lasse ich dich nicht weg.«
»Ich weiß nicht, wovon du sprichst, Mr Giggles!«
»Was hast du getan? Sag es mir! Sonst lasse ich dich nicht weg. Was hast du getan? Sag es mir!«
Patricia Osborne rüttelte an ihren Fesseln.
»Sag es mir! Sag es mir! Sag es mir! Sag es mir! Sag es mir!«
Tante Patricia schien zu merken, dass sie gegen die Fesseln nicht ankam, und gab ihre Versuche auf. Sie straffte ihre Schultern, soweit das möglich war, und sah Mr Giggles in die Augen.
»Sag es mir! Sag es mir! Sag es mir!«
»Gut. Ich sage es dir.«
Mr Giggles schwieg und hob erwartungsvoll die Augenbrauen.
»Pass gut auf, Mr Giggles: Du nervst.«
Mr Giggles bewegte sich nicht mehr.
»Ja, da staunst du, was? Du nervst mich gewaltig. Ich weiß, dass du nicht wirklich Mr Giggles bist. Du bist auch nicht Frank Cormans Geist, obwohl ich das lange geglaubt habe. Du bist bloß eine ferngesteuerte Puppe. Robo-Giggles. Der echte Mr Giggles sitzt nämlich im Besenschrank.«
»Sag es mir!«, probierte Mr Giggles es erneut.
»Und deine Stimme ist bloß aus alten Filmausschnitten zu-

sammengesetzt«, fügte Tante Patricia gelassen hinzu. »Deshalb kannst du auch nichts anderes sagen. Damit du's weißt.«
Mr Giggles starrte sie bewegungslos an und schwieg. Dann verlor er mit einem Mal jede Körperspannung und sackte in sich zusammen wie eine Marionette, deren Fäden man durchtrennt hatte.
Eine Gestalt löste sich aus der Dunkelheit und trat in den flackernden Feuerschein. Der Mann hielt eine Fernsteuerung in der Hand. Achtlos ließ er sie ins Gras fallen und trat mit finsterem Blick auf Tante Patricia zu. »Sie halten sich wohl für besonders schlau, wie?«, fragte Bryan Bonfanti.
»Oh, das habe nicht ich herausgefunden. Die drei ??? haben es mir erzählt.«
»Wer?«
»Die drei Jungen. Was haben Sie mit ihnen angestellt?«
»Ach, Ihre Komplizen! Keine Sorge, die sind oben eingesperrt und werden uns bei unserem kleinen Gespräch nicht stören.«
»Wer sind Sie?«
Er zögerte nur kurz, bevor er sagte: »Mein Name ist Bryan Bonfanti.«
»Ich kenne Sie nicht und ich habe Ihnen nichts getan. Binden Sie mich los! Das ist Freiheitsberaubung!«
Er lachte. »Sie kennen nicht mich, aber Sie kennen meinen Vater. Antonio Bonfanti.«
»Den kenne ich auch nicht.«
»Sie lügen. Sagen Sie endlich die Wahrheit! Was haben Sie ihm angetan?«
»Ich weiß überhaupt nicht, wovon Sie reden, Mr Bonfanti.«

»Es reicht!«, donnerte Bryan und trat drohend auf Tante Patricia zu. »Sie haben die Puppe gestohlen! Weil Sie wussten, dass sie ein Geheimnis birgt, das niemals ans Licht kommen sollte! Sagen Sie endlich die Wahrheit!«

Bryan war so einschüchternd, dass Tante Patricias Mut schnell verflog. »Aber ich weiß nicht, was Sie meinen!«, sagte sie flehend. »Ich bin bloß eine Sammlerin! Ich wollte Mr Giggles haben, das stimmt, aber sonst –«

»Schluss mit den Spielchen! Ich habe mein Leben lang geglaubt, mein Vater wäre für das Ende des Zirkus Bonfanti und den Tod dreier Menschen verantwortlich gewesen. Auch für seinen eigenen. Seit drei Wochen weiß ich, dass das nicht die Wahrheit ist. Frank Corman hat es mir in einem Brief anvertraut. Und er hat mich vor Ihnen gewarnt.« Er ging noch näher auf sie zu, legte schließlich die Hände auf die Stuhllehne und beugte sich drohend über sie. »Aber jetzt bin ich am Zug. Sagen Sie mir, was damals wirklich passiert ist!« Während er sich über sie beugte, rutschte an seinem Rücken sein T-Shirt ein Stück nach oben. Die drei ??? sahen im hinteren Hosenbund eine Waffe stecken.

»Just!«, keuchte Peter. »Er hat eine Pistole! Wir müssen etwas tun, und zwar sofort!«

»Ich stimme zu«, sagte Justus. »Wir gehen dazwischen, bevor er auf dumme Gedanken kommt.«

Entschlossen griff er nach dem Türknauf. Doch die Tür war verschlossen. Reflexartig zog er fester. Das Türblatt knarrte im Rahmen. Bryan Bonfanti, durch das Geräusch aufmerksam geworden, sah hoch. Durch die Scheibe begegneten sich ihre Blicke.

Mit eigenen Augen

»Verdammt!«, zischte Justus und rüttelte noch einmal an der Tür, was aber natürlich nichts brachte.
»Just, er hat uns gesehen!«, rief Bob.
Peter riss die Augen auf. »Er greift nach seiner Waffe!«
Was dann geschah, ging so schnell, dass die drei Detektive es kaum mitbekamen.
Wie aus dem Nichts trat hinter Bryans Rücken jemand in den Feuerschein, holte mit einem dicken Ast aus und ließ ihn auf Bryans Handgelenk hinabsausen.
Bryan schrie vor Schreck und Schmerz auf und ließ die Pistole fallen. Er ging zu Boden und hielt sich den Arm.
Der Angreifer baute sich über ihm auf und hob erneut den Knüppel, doch er zitterte dabei. Sie.
»Das ist Trixie Stiles!«, rief Bob. »Schnell, Peter, mach die Tür auf, wir müssen ihr helfen!«
Bob hatte an Peters Dietriche gedacht, doch der Zweite Detektiv zog das rechte Bein an und trat mit aller Kraft gegen das Türblatt. Das Schloss brach aus dem Holz und die Tür flog auf. Die drei Detektive stürmten nach draußen und auf Bryan zu. Der war gerade dabei, sich aufzurappeln und nach der Waffe zu greifen, doch da trat Trixie Stiles ihm auf die Hand und hob die Pistole selbst auf.
Endlich waren auch die Jungen zur Stelle. Gemeinsam packten sie Bryan und hielten ihn am Boden fest. Wegen seines verletzten Handgelenks konnte er sich kaum zur Wehr setzen. Dafür fluchte er umso lauter.

»Lasst mich los, ihr verdammten Bengel!«
»Das könnte Ihnen so passen!«, knurrte Bob, während Justus Tante Patricia befreite.
Schließlich zerrten sie Bryan auf die Füße und drückten ihn mit sanfter Gewalt auf den Stuhl. Er hatte aufgehört, sich zu wehren, und da sie nun klar in der Überzahl waren, verzichteten sie darauf, ihn zu fesseln.
»Mrs Stiles, was *tun* Sie hier?«, fragte Bob.
»Euch retten«, sagte sie schmunzelnd.
»Aber wie –«
»Die ganze Geschichte ließ mir keine Ruhe. Also blieb ich, nachdem ihr weg wart, in der Nähe von Bryans Haus in meinem Wagen und wartete auf ihn. Ich wollte wissen, was er tut, wenn er sieht, dass sein Gefangener geflohen ist. Er kam eine halbe Stunde später und ging ins Haus. Kurz darauf stürmte er wieder raus, sprang in sein Auto und fuhr los. Ich folgte ihm. Zum Glück hat er mich nicht bemerkt.«
»Vielen Dank, meine Liebe«, hauchte Tante Patricia, dann schwankte sie plötzlich. Bob und Peter eilten zu ihr. »Das war alles etwas viel«, murmelte sie. »Ich muss mich kurz setzen.«
»Warten Sie, ich bringe Sie auf die Veranda und hole Ihnen ein Glas Wasser«, bot Mrs Stiles ihre Hilfe an und geleitete Tante Patricia zum Haus.
Nun waren die drei ??? mit Bryan Bonfanti allein.
»Damit kommt ihr nicht durch!«, sagte Bryan und starrte die Jungen nacheinander düster an. Das flackernde Feuer spiegelte sich in seinen Augen.
Peter lachte auf. »*Wir* kommen damit nicht durch? *Sie* haben

uns doch eingesperrt und Miss Osborne überfallen und bedroht!«

»Und mich haben Sie in Ihrem Keller festgehalten«, fügte Bob hinzu.

»Nachdem du in mein Haus eingebrochen bist«, gab Bryan zurück. »Und sie ist eine Verbrecherin!«

»Was hat sie getan?«, wollte Justus wissen.

»Als ob ihr das nicht wüsstet! Ihr seid schließlich ihre Komplizen!«

»Wir ermitteln als Detektive im Fall einer spukenden Bauchrednerpuppe, das ist alles«, korrigierte Justus ihn.

»Als Detektive!«, höhnte Bryan und glaubte offensichtlich kein Wort.

Doch Justus ließ sich nicht aus der Ruhe bringen. »Ganz recht. Und wir bekamen heraus, dass Sie hinter dem Spuk stecken.«

»Sie hat die Puppe gestohlen!«

»Das ist nicht ganz korrekt.«

»Na schön, Steve Johnson war es. Aber er hat es in ihrem Auftrag getan!«

»Das stimmt nicht!«, rief Tante Patricia von der Veranda aus und trank einen Schluck Wasser, das Trixie ihr gerade reichte. »Er hat sie mir angeboten!«

»Sie wurden also von Steve Johnson über den Verbleib der Puppe informiert«, vermutete Justus.

Bryan nickte. »Er hat sich verplappert, als ich bei CBC war und versucht habe, die Puppe aufzuspüren. *Meine* Puppe. Ich habe ihn mir vorgeknöpft. Da hat er die ganze Geschichte ausgeplaudert.«

»Aber warum dieser ganze Budenzauber?«, fragte Peter voller Unverständnis und zeigte auf den reglosen Robo-Giggles. »Warum haben Sie Miss Osborne mit Kameras überwacht und all das veranstaltet? Das mit der Blutschrift waren Sie doch auch, nicht wahr?«

»Ja. Ich sah, was sie hier im Garten treibt, und kam zu dem Schluss, dass ich noch etwas deutlicher werden musste.«

»Also fuhren Sie gleich los und nutzten die Gelegenheit, während sich niemand im Haus aufhielt«, fuhr Bob fort. »Aber warum haben Sie Miss Osborne nicht einfach zur Rede gestellt? Oder die Polizei geholt? Oder die Puppe einfach mitgenommen? Sie gehört Ihnen!«

»Die Puppe ist mir doch vollkommen egal!«, rief Bryan wütend. »Es geht um das Geheimnis, das in ihr steckt! Das *sie* verschwinden ließ!« Anklagend zeigte er auf Patricia Osborne.

»Was soll ich getan haben?«, rief Tante Patricia von der Veranda aus. »Aber ich weiß nichts von einem Geheimnis! Justus, es stimmt nicht, was der Mann da sagt. Was will er denn eigentlich von mir?«

»Mr Bonfanti?«, wandte sich Justus fragend an Bryan.

Nun sprudelte es nur so aus Bryan heraus: »Frank Corman hat mich wissen lassen, dass das Zirkusunglück damals ganz anders abgelaufen ist, als alle dachten. In den letzten Wochen seines Lebens rief er mich ein paarmal an. Aber er machte nur Andeutungen und druckste herum. Dann starb er und ich bekam diesen Brief. Darin steht mehr oder weniger deutlich, dass es Beweise dafür gibt, was damals wirklich geschehen ist. Und dass diese Beweise in der Puppe stecken.«

»Wir kennen den Brief«, klärte Justus ihn auf. »Dass Beweise in der Puppe versteckt sind, steht dort nicht. Sondern lediglich, dass Mr Giggles die Beweise mit eigenen Augen gesehen hat.«

»Es kann nur so gemeint sein! Außerdem warnte mich Frank vor Patricia!«

»Miss Osborne behauptet aber, von Ihrem Vater und Ihnen nie etwas gehört zu haben«, sagte Justus.

»Weil sie eine Lügnerin ist.«

»Sehen wir doch einfach nach«, schlug Bob vor. »Bei Mr Giggles. Dem echten natürlich. Der in der Besenkammer sitzt.«

»Das habe ich längst gemacht!«, giftete Bryan wütend. »Es war das Erste, was ich getan habe, nachdem ich Patricia Osborne vor zwei Wochen ausfindig gemacht hatte. Ich stieg in dieses Haus ein, als niemand da war, fand Mr Giggles und untersuchte ihn von oben bis unten. Aber da war nichts mehr. Sie hat die Beweise vernichtet.«

»Ich habe gar nichts!«

Justus runzelte die Stirn. »Und dann überlegten Sie sich, Mr Giggles spuken zu lassen. Den zweiten Mr Giggles, den Sie als Ersatz von CBC bekommen haben. Um Miss Osborne dazu zu bewegen, die Wahrheit zu sagen und ein Geständnis abzulegen.«

»Es war das Einzige, was ich tun konnte«, grollte Bryan.

»Aber ein spukender Mr Giggles?«, fragte Bob zweifelnd. »Wie sind Sie darauf gekommen?«

»Weil die Irre da an diesen Humbug glaubt!«, rief Bryan. »Das sieht man, sobald man das Haus betritt! Aber sie hat nichts gestanden. Sie hat auch nicht versucht, zu fliehen oder in irgendeiner Form ihren Kopf aus der Schlinge zu ziehen. Ich habe sie eine Woche lang beobachtet. Sie hat gar nichts getan, außer diese lächerliche Séance abzuhalten.«

»Das war keine Séance, sondern ein Schutzritual!«, rief Tante Patricia. »Und ich weiß immer noch nicht, wovon Sie überhaupt reden!«

»Wir sehen jetzt nach«, beschloss Justus. »Auch, wenn Sie und auch Peter das schon getan haben. Sechs Leute sehen mehr als zwei.«

Auf ein Kopfnicken von Justus hin ging Peter ins Haus zur Besenkammer, öffnete die Tür und schaltete das Licht ein. Mr Giggles' grüne Augen funkelten ihn spöttisch an und sein Mund klappte auf.

»Dir vergeht das Grinsen gleich, jetzt nehmen wir dich nämlich auseinander«, sagte Peter, schnappte sich die Puppe und ging mit ihr nach draußen.

Während der nächsten halben Stunde untersuchten die drei ??? Mr Giggles von allen Seiten. Sie entkleideten ihn und nahmen jeden Quadratzentimeter Stoff unter die Lupe. Sie zogen vorsichtig das aufgeklebte Haar ab und drückten minutenlang auf Armen, Beinen und Bauch herum, um zu erspüren, ob sich etwas im Innern der Puppe befand. Dann fingerte erst Bob in ihrem Kopf herum, danach Justus und schließlich noch mal Peter, obwohl er das am Nachmittag bereits getan hatte. Mr Giggles verdrehte wie wild die Augen, hob und senkte die Augenbrauen und öffnete und schloss den Mund in einem fort, während die drei Detektive die Mechanik abtasteten. Aber sie fanden nichts.

»Und was jetzt?«, fragte Peter ratlos.
»Wir müssen uns auf die Augen konzentrieren«, sagte Bob. »Mr Giggles hat die Beweise *mit eigenen Augen* gesehen!«
»Aber wir haben die Augen schon untersucht!«, hielt Peter dagegen. »Da ist nichts!«
»Vielleicht von innen.«
»Dann müssten wir den Kopf auseinandernehmen«, meinte Justus.
»Kommt nicht infrage!«, protestierte Tante Patricia.
»Ich fürchte, wir haben keine Wahl, Miss Osborne. Sonst werden wir das Rätsel nie lösen. Ich verspreche Ihnen, dass ich vorsichtig sein und den Kopf nachher wieder zusammenbauen werde. Ich habe Erfahrung in solchen Dingen. Für meinen Onkel habe ich schon so manches –«
»Nein«, sagte Tante Patricia entschieden. »Du machst ihn nur kaputt!«
»Seht ihr!«, rief Bryan. »Sie hat etwas zu verbergen!«
»Miss Osborne, haben Sie eine Taschenlampe?«
Sie nickte. »In der Besenkammer.«
Peter holte sie schnell und reichte sie dem Ersten Detektiv.
»Was hast du vor?«
»Ich will mal in den Kopf hineinleuchten. Vielleicht sieht man etwas, das man nicht ertasten kann. Eine Schrift oder so.«
Bob und Peter hielten die Puppe mit dem Kopf nach unten fest, während Justus hineinleuchtete. Es war nicht leicht, auf diese Weise etwas zu erkennen. Nachdem der Erste Detektiv die Taschenlampe direkt in den Kopf gesteckt hatte, war es darin zwar hell, aber nun war die Lampe selbst im Weg.

»Jetzt leuchten seine Augen von innen«, murmelte Peter. »Sieht ganz schön gruselig aus, findet ihr nicht?«

»Ach, jetzt hör doch mal auf mit deinem ›gruselig‹«, sagte Justus. Er war genervt, weil er nicht wusste, wie er den Kopf von innen untersuchen sollte.

Der zweite Detektiv war eingeschnappt. Er wandte den Blick von Mr Giggles' Gesicht ab und betrachtete stattdessen die beiden Flecken aus Licht, die aus den Glasaugen an die Wand geworfen wurden. Er runzelte die Stirn. Die Flecken waren verschwommen, weil das Licht vom Glas gebrochen wurde. Aber da war noch mehr: unscharfe Linien, die, wenn man die Augen zusammenkniff, beinahe so aussahen wie –

»Schrift! Kollegen! Da ist irgendwas in den Augen von Mr Giggles! Die Taschenlampe wirft es wie ein Projektor an die Wand! Das … das ist eine geheime Botschaft!«

Patricia wer?

Alle starrten wie gebannt an die Wand.
»Da ist wirklich etwas!«, raunte Bryan. »Das habe ich nicht gesehen, als ich die Puppe untersucht habe!«
»Wir haben es alle nicht gesehen«, sagte Justus. Gemeinsam versuchten sie nun, den richtigen Abstand zur Wand zu finden, damit die Schrift scharf wurde.
»Es sind zwei Briefe oder so was«, murmelte der Erste Detektiv, »in jedem Auge einer. Frank Corman muss zwei Dias oder etwas Ähnliches erstellt haben, die er dann in die Glasaugen eingebaut hat. Das war bestimmt kompliziert.«
»Es ist mir vollkommen egal, wie er das gemacht hat«, sagte Peter ungeduldig. »Ich will das jetzt lesen! Hör doch mal auf zu wackeln, Bob, so kriegst du es nie scharf, außerdem ist die Schrift falschrum. Wir müssen ihn umdrehen.«
Schließlich saß Mr Giggles auf einem Stuhl auf der Veranda und starrte mit leuchtenden Augen an die Wand. Auf dem rissigen Holz zeichneten sich nun einigermaßen scharf die beiden Schriftstücke ab.
»Links haben wir eine Einladung, die an den Fernsehsender CBC ging«, sagte Justus und las vor: »›Sehr geehrter Mr Fernandez, wie bereits telefonisch besprochen, würde ich mich sehr freuen, Sie und Ihre Kollegen zur letzten Vorstellung des Zirkus Bonfanti in Los Angeles begrüßen zu dürfen, bevor der Zirkus weiterzieht. Ich kann Ihnen versprechen, dass Sie nicht enttäuscht sein werden, und empfehle Ihnen, sich speziell den Bauchredner Frank Corman anzusehen. Er

könnte genau das Talent sein, das Sie suchen. Ihre Namen stehen selbstverständlich auf der Gästeliste. Mit freundlichen Grüßen …‹ Und dann irgendein Krakel als Unterschrift.« Der Erste Detektiv wandte sich dem zweiten Schreiben zu. »Das ist kein Brief«, stellte er fest. »Sondern eine Anordnung der Polizei von Los Angeles, die besagt, dass die heutige Vorstellung des Zirkus Bonfanti aufgrund einer Unwetterwarnung abgesagt werden muss.«

»Seht mal auf das Datum oben rechts!«, sagte Bob. »Das war der Tag des Unglücks. Als das Zelt im Sturm zusammenbrach.«

»Unten sind zwei Unterschriften«, stellte Peter fest. »Die eine von dem Beamten, der es verfasst hat. Und die zweite von demjenigen, der es erhalten hat. Es ist derselbe Krakel wie auf der Einladung links. Also der des Zirkusdirektors Mr Bonfanti, nehme ich an.« Er sah zu Bryan. »Ihres Vaters.«

»Das ist nicht die Unterschrift meines Vaters«, widersprach Bryan.

»Der Krakel sieht tatsächlich nicht aus, als könnte er Bonfanti bedeuten«, gab Bob dem Mann recht.

»Oben auf dem Brief an Mr Fernandez steht ein Absender«, stellte Justus fest. »Aber der Rand ist etwas unscharf. Moment, das haben wir gleich …« Er rückte Mr Giggles noch ein paar Zentimeter weiter nach vorn und der Absender wurde lesbar.

»Patricia Hill«, las Peter vor und riss die Augen auf. »Patricia! Da haben wir sie ja endlich!« Er drehte sich zu Miss Osborne um.

»Warum siehst du mich denn so an?«, fragte Tante Patricia

unschuldig. »Mein Name ist Osborne, nicht Hill. Das wisst ihr doch. Und er war auch immer schon Osborne. Ich war ja nie verheiratet. Es gibt viele Patricias auf der Welt. Der Name ist nicht so ungewöhnlich.«

»Nein, das ist er nicht«, sagte Justus und mit einem Mal ging ihm ein Licht auf und er schlug sich vor die Stirn. »Wir sind so dämlich, Kollegen! *Nimm dich in Acht vor Patricia* – damit war eine ganz andere Patricia gemeint! Nicht Miss Osborne. Sondern Patricia Hill.«

»Dann war die Namensgleichheit nur ein Zufall?«

»Sieht ganz so aus, Zweiter.«

»Und wer *ist* Patricia Hill?«

»Ich habe keine Ahnung.«

»Aber ich«, sagte Bob.

Alle sahen ihn an. Nur Bob hatte bemerkt, dass Trixie Stiles ihn schon seit einer halben Minute verstohlen beäugte. Er blickte ihr in die Augen. »*Sie* sind Patricia Hill.«

»Was!?«, rief Peter.

»In ihrem Büro hängt ein altes Zeitungsfoto von ihr. Darunter steht: Trixie Hill. Trixie. Eine Kurzform von Patricia.«

»Stimmt das?«, fragte Justus.

Mrs Stiles sah den Ersten Detektiv ausdruckslos an und schwieg. Es war unergründlich, was in ihr vorging.

»Aber … aber ich verstehe das nicht«, sagte Peter verwirrt. »Was bedeutet das denn jetzt? Wenn sie die Patricia ist, vor der Frank gewarnt hat … *weshalb* hat er vor ihr gewarnt?«

»Es geht um das Zirkusunglück«, sagte Bob, dem gerade etwas eingefallen war, das Mrs Stiles am Nachmittag zu ihm gesagt hatte. »Sie haben behauptet, der Direktor hätte damals die Warnung der Polizei in den Wind geschlagen und die Vorstellung trotz des Unwetters stattfinden lassen. Und niemand anders hätte davon gewusst.«

»Das haben alle behauptet«, meldete sich Bryan zu Wort. »Alle haben meinem Vater die Schuld an dem Unglück gegeben. Alle haben gesagt, er hätte das Leben der Zirkusleute und der Zuschauer aufs Spiel gesetzt, um nicht auf die Einnahmen des Abends verzichten zu müssen.«

»Aber es stimmt nicht, dass niemand davon wusste«, fuhr Bob fort. »Dieses Schreiben beweist es. *Sie* haben es unterschrieben. Sie wussten davon!«

»Aber ja!«, rief Justus. »Und jetzt ist mir auch klar, warum! *Sie* hatten Mr Fernandez von CBC eingeladen, weil Sie wussten, dass der Sender auf der Suche nach neuen Talenten war. Sie wollten, dass er sich Frank Cormans Nummer ansieht, weil Sie davon überzeugt waren, dass er entdeckt wird. Und es war die letzte Vorstellung des Zirkus Bonfanti in Los Angeles. Sie musste also unbedingt stattfinden. Deshalb haben Sie die Anweisung der Polizei ignoriert. Sie haben sie nicht einmal an den Direktor weitergeleitet, nicht wahr?«

Trixies Gesicht nahm einen verzweifelten Ausdruck an. Justus schien mit allen Vermutungen ins Schwarze getroffen zu haben. Dann sagte sie: »Frank hat mich dazu gedrängt! Er hatte diese Leute bei CBC ausfindig gemacht. Er wollte raus aus dem Zirkus und um jeden Preis vor Mr Fernandez und seinen Kollegen auftreten. Er bat mich, diese Einladung zu schreiben. Und als die Polizei am Mittag kam und die Vorstellung untersagte, da war ich als Managerin diejenige, die mit den Polizisten sprach. Ich erzählte Frank, dass die Vorstellung nicht stattfinden dürfe. Aber er hat so lange auf mich eingeredet, bis …« Sie verstummte.

»Bis Sie sich über die polizeiliche Anweisung hinweggesetzt und sie dem Zirkusdirektor gegenüber verschwiegen haben«, führte Justus den Gedanken zu Ende. »Er wusste nichts von der Gefahr. Deshalb hat er die Vorstellung auch nicht abgesagt.«

Bryan trat drohend ein paar Schritte auf Trixie zu, doch dann hielt Justus ihn zurück. »Bitte, Bryan, beruhigen Sie sich.«

Bryan Bonfanti zitterte vor Wut. »Ich habe immer geglaubt, mein Vater wäre ein verantwortungsloses Monster gewesen. Aber das war er nicht. Sie haben ihm die Schuld in die Schuhe geschoben! Um Ihren eigenen Kopf aus der Schlinge zu ziehen! Und damit Frank Corman im Fernsehen auftreten konnte!«

»Es konnte doch niemand ahnen, dass der Sturm so schlimm werden würde«, verteidigte sich Trixie Stiles.

»Die Polizei hat es geahnt«, hielt Justus dagegen. »Und die werden wir jetzt verständigen. Ich bin sicher, dass sie sich auch nach der langen Zeit noch für diesen Fall interessieren wird, schließlich sind Menschen ums Leben gekommen. Bob, würdest du bitte Inspektor Cotta anrufen?«

»Mein Handy liegt noch in Bryans Arbeitszimmer«, erinnerte der den Ersten Detektiv.

»Du kannst den Apparat im Haus benutzen«, bot Tante Patricia an.

Bob wollte hineingehen, doch da verzog sich Trixies Gesicht. »Nein«, sagte sie kalt. »Niemand ruft die Polizei!«

Sie hob die Pistole, die sie Bryan zuvor abgenommen hatte, und schwenkte mit dem Lauf einmal durch die Runde. »Bleibt alle, wo ihr seid!«

»Trixie«, sagte Bob ruhig, »das bringt doch nichts.« Er ging einen Schritt auf sie zu, aber da richtete sie die Pistole auf ihn und umklammerte sie fest mit beiden Händen.

»Nein!«, rief sie. »Ihr macht mir mein Leben nicht kaputt! Nimm die Puppe!«

Bob blinzelte irritiert.

»Die Puppe!«, wiederholte Trixie lauter. »Nimm sie, hörst du!«

Trixie schien sich nicht mehr unter Kontrolle zu haben und Bob bekam es nun doch mit der Angst zu tun. Folgsam nahm er Mr Giggles an sich. Die Taschenlampe fiel heraus und das Licht in den Augen der Puppe erlosch.

»Zum Feuer!«, sagte Trixie und dirigierte ihn mit der Waffe von der Veranda herunter.

»Was haben Sie vor, Trixie?«

»Los!«

Bob ging mit der Puppe in den Händen zum Lagerfeuer.

»Wirf sie rein!«, forderte Trixie ihn auf.

»Aber das nützt Ihnen doch nichts!«

»Und ob mir das was nützt. Die Beweise werden verschmoren. Wirf sie rein!«

Eine dunkle Wolke des Betrugs

Blitzschnell spielte Bob alle Möglichkeiten durch. Er konnte sich weigern. Doch im Moment hielt er Trixie für unberechenbar. Sie war zu allem in der Lage. Wenn er jedoch tat, was sie von ihm verlangte, wäre nicht nur Mr Giggles zerstört, auch die Beweise, die in ihm steckten, wären verloren. Da hatte er plötzlich eine Idee. Der dritte Detektiv drehte sich zu Trixie um und hielt Mr Giggles so, dass die Puppe sie ansah. Der Mund klappte genau im richtigen Moment auf.

»Hallo, hier ist wieder Mr Giggles!«, sagte Bob mit seiner Bauchrednerstimme. Seine Lippen bewegten sich nicht.

Trixie Stiles riss die Augen auf. Aus ihrem Gesicht sprach blanke Angst. Zitternd ließ sie die Waffe sinken, dann wirbelte sie herum und rannte davon.

»Bleiben Sie stehen!«, brüllte Bryan Bonfanti und wollte hinterher, doch Justus hielt ihn am Arm fest.

»Seien Sie vernünftig, Mr Bonfanti. Sie hat eine Waffe und fühlt sich in die Ecke gedrängt.«

»Aber wir können sie doch nicht einfach abhauen lassen!«

Da hörten sie schon das Aufheulen eines Motors.

»Sie flieht!«, rief Peter. »Just, was machen wir jetzt?«

Reifen quietschten und dann gab es einen lauten Knall.

»Da ist was passiert!« Die drei ??? sprangen von der Veranda und rannten um das Haus herum zur Straße.

Der Wagen von Trixie Stiles war beim Verlassen der Einfahrt in ein anderes Fahrzeug geknallt. Unter der Motorhaube zischte und qualmte es.

»Das ist Sunshines Wagen!« Peter eilte zu den Autos. Mrs Stiles war beim Aufprall mit der Stirn gegen das Lenkrad geprallt und stöhnte benommen. Blitzschnell riss der Zweite Detektiv die Beifahrertür auf und nahm die Waffe, die auf dem Sitz lag, an sich. »So«, sagte er erleichtert. »Gefahr gebannt!«

In diesem Moment kamen auch Bryan und Tante Patricia angelaufen. Und Sunshine stieg aus ihrem Auto. »Was ist denn hier los!?«, rief sie empört.

Als Inspektor Cotta zwanzig Minuten später eintraf, ließ er sich von Justus erklären, was vorgefallen war. Das dauerte eine Weile. Doch schließlich wurde Trixie Stiles festgenommen und abgeführt. Die drei ??? versprachen, am nächsten Tag aufs Polizeirevier zu kommen und ihre Aussagen zu Protokoll zu geben. Erst nachdem die Polizisten verschwunden waren, kehrte ein wenig Ruhe auf *Spirit Grove* ein.

Erschöpft setzten sich die drei Detektive, Tante Patricia, Bryan Bonfanti und Sunshine auf die Veranda und sprachen über die Ereignisse der letzten Stunden. Sunshine hörte staunend und fassungslos zu, während sich Tante Patricia langsam beruhigte.

Nur Bryan Bonfanti saß da mit hängenden Schultern. Schließlich sagte er: »Ich muss mich bei Ihnen entschuldigen, Miss Osborne. Ich war davon überzeugt, dass Sie die Böse sind. Mein Verhalten war …«

»Unerhört«, schlug Tante Patricia vor. »Ja, das war es.«

»*Ihr* Verhalten allerdings …«, fuhr Bryan zaghaft fort, »also dass Sie die Puppe an sich gebracht haben …«

»Das kann man doch gar nicht vergleichen!«, verteidigte sich Tante Patricia sofort. Doch es war eher ein Reflex, denn danach senkte sie beschämt den Blick.
»Ich mache Ihnen einen Vorschlag, Miss Osborne: Wir gehen zusammen zu Steve Johnson und holen uns von ihm Ihr Geld zurück. Und ich schenke Ihnen Mr Giggles. Mir liegt nichts an dieser Puppe. Im Gegenzug verzeihen Sie mir.«
Strahlend hob Tante Patricia den Kopf. »Oh, das wäre wunderbar!« Sie streckte ihm die Hand hin. »Abgemacht!«
»Dann wäre das ja geklärt«, sagte Peter. »Aber was meint ihr, was jetzt mit Trixie passiert?«
»Das wird die Polizei oder ein Richter entscheiden müssen«, sagte Justus.
»Sie hat ja behauptet, es wäre alles Franks Schuld gewesen«, erinnerte Bob. »Dass es seine Idee war, dem Direktor die polizeiliche Anordnung zu verschweigen. Meint ihr, das stimmt?«
Justus zupfte kurz an seiner Unterlippe. »Nein. Das glaube ich nicht. Denn dann hätte er die beiden Schriftstücke, die die Wahrheit schließlich ans Licht gebracht haben, garantiert vernichtet, anstatt Dias davon in den Augen von Mr Giggles zu verstecken. Tatsächlich ergibt dieses Verhalten nur dann Sinn, wenn es genau andersherum war: Trixie war damals die treibende Kraft. Sie hatte Mr Fernandez von CBC eingeladen, weil sie wollte, dass Frank Karriere beim Fernsehen macht. Die beiden waren immerhin ein Paar. Wahrscheinlich hat sie die Beweise nach dem Unglück vernichtet, aber Frank hatte vorher Dias davon gemacht. Das macht man nur, wenn man sich seiner Schuld bewusst ist

und dafür Sorge tragen möchte, dass die Wahrheit vielleicht doch eines Tages ans Licht kommt. Er wurde sein Leben lang von schlechtem Gewissen geplagt, deshalb hat er Ihnen regelmäßig Geld zukommen lassen, Bryan. Aber er war auch zu feige, die Wahrheit zu sagen, denn das hätte eine Gerichtsverhandlung zur Folge gehabt und seine Karriere wäre beendet gewesen.«

»Aber wenn es Trixie war – warum hat sie mich heute Nachmittag nicht einfach auf eine falsche Fährte gelockt?«, fragte Bob.

»Weil sie keine Ahnung hatte, dass es diese Beweise überhaupt gibt. Auf die Idee kam sie erst vor wenigen Stunden in Bryans Haus. Deshalb folgte sie ihm hierher. Um zu verhindern, dass ihr diese alte Geschichte um die Ohren fliegt. Was nun aber trotzdem geschehen ist.«

Das Dröhnen eines Dieselmotors näherte sich.

»Das ist Vandaans alter Bus«, sagte Sunshine. »Den hört man immer schon von Weitem durch den Canyon knattern. Er wird Augen machen, wenn er hört, was er verpasst hat.«

Doch Vandaan hatte anscheinend selbst wichtige Neuigkeiten, denn er stürmte auf Tante Patricia zu, ohne den übrigen Anwesenden Beachtung zu schenken. »Patricia! Osiris ist auf dem Weg hierher! Und er ist ein Betrüger!«

»Osiris?«, fragte Tante Patricia, als hätte sie vollkommen vergessen, wer das überhaupt war.

»Ja, ich habe ihn heute den ganzen Tag beschattet. Du darfst ihm kein Wort glauben!«

»Sie haben ihn weiter beschattet?«, fragte Peter erstaunt. »Nachdem wir in seinem Apartment waren?«

»Oh, hallo Peter.«
»Du warst in seinem Apartment, Vandaan?«
»Ja«, antwortete Vandaan ungeduldig, »aber das spielt jetzt keine Rolle, weil –«
Weiter kam er nicht, denn da hörten sie schon ein weiteres Auto in die Einfahrt fahren.
»Schnell, in den Flur!«, raunte Justus geistesgegenwärtig. »Sonst wird er gleich misstrauisch! Sie auch, Bryan!«
Bryan wusste zwar nicht, was vor sich ging, doch er folgte den drei ??? bereitwillig. Sie huschten durch die Verandatür ins Haus, gerade in der Sekunde, in der Osiris den Garten betrat. Durch die Scheibe konnten sie alles beobachten.
»Patricia!«, rief Osiris. »Sunshine, Vandaan! Gut, dass ihr hier seid. Entschuldigt, dass ich hier so unangemeldet auftauche, aber ich muss mit euch reden!«
»Osiris!«, spielte Tante Patricia die Überraschte. »Du bist zurückgekehrt! Was ist denn los?«
»Ich hatte recht mit meinen Befürchtungen gestern: Die Mächte, die wir beschworen haben … Sie sind nicht in ihre Dimension zurückgekehrt. Ich habe dafür sehr feine Antennen. Wir haben es nur noch schlimmer gemacht. Ich fürchte, die Puppe ist nun gleich von mehreren Geistwesen besessen. Sie haben versucht, Verbindung zu mir aufzunehmen. Ich kann ihre Präsenz ganz deutlich spüren. Sie werden nicht freiwillig verschwinden. Wir müssen einen neuen Bannzauber probieren, einen stärkeren diesmal!«
Tante Patricia schloss die Augen und rieb sich die Schläfen. »Ja, Osiris, du hast recht«, murmelte sie. »Ich spüre es auch. Da ist ein dunkler Schatten.«

»Nicht wahr?«
»Ja. Er umgibt dich, er hüllt dich geradezu ein wie eine Wolke. Warte … Ich kann eine Verbindung zu dieser Wolke aufnehmen. Es ist … es ist eine dunkle Wolke des Betrugs und sie durchdringt dich vollkommen!« Sie öffnete die Augen und lächelte. »Das muss wirklich eine Qual für dich sein, aber ich fürchte, da können wir dir nicht helfen. Gegen so viel Niedertracht kommt kein magisches Ritual an.«
Osiris starrte sie an. »A…aber …«
Ihr Blick wurde eiskalt. »Verlass dieses Grundstück, Osiris! Und wage es ja nicht, hier noch einmal aufzutauchen!«
»Aber …«
Vandaan erhob sich. »Du hast gehört, was Patricia gesagt hat. Hau ab in deine eigene Dimension!«
Und Osiris ging.
Als die drei ??? wieder hinaus auf die Veranda traten, konnten sie sich vor Lachen kaum halten.
»Miss Osborne!«, rief Peter begeistert. »Das war großartig!«
»Ach«, sagte sie und winkte verlegen ab. »Ich hatte ja ein paar Augenblicke Zeit, mir zu überlegen, was ich sage. Dank Vandaans Warnung.« Sie lächelte ihm zu. »Danke, dass du ihn verscheucht hast.«
Vandaan wurde für jeden sichtbar knallrot.
Lediglich Tante Patricia tat so, als hätte sie es nicht bemerkt. Sie stemmte sich aus ihrem Stuhl. »So, und jetzt brauche ich dringend einen Kräutertee. Die Kräuter habe ich bei abnehmendem Halbmond gesammelt, das verstärkt die beruhigende Wirkung. Möchte sonst noch jemand?«